박
정
희
1

북오션은 책에 관한 아이디어와 원고를 설레는 마음으로 기다리고 있습니다. 책으로 만들고 싶은 아이디어가 있으신 분은 이메일(bookrose@naver.com)로 간단한 개요와 취지, 연락처 등을 보내주세요. 머뭇거리지 말고 문을 두드리세요. 길이 열릴 것입니다.

이수광 장편소설

박정희 1

초판 1쇄 발행 | 2012년 11월 10일
초판 1쇄 인쇄 | 2012년 11월 15일

지은이 | 이수광
펴낸이 | 박영욱
펴낸곳 | 북오션

경영총괄 | 정희숙
책임편집 | 임은희
편집 | 이상모 · 주재명 · 권기우
마케팅 | 최석진
표지 및 본문 디자인 | 최희선
디자인 | 서정희
법률자문 | 법무법인 명율 대표 변호사 **안성용**

주 소 | 서울시 마포구 서교동 468-2번지
이메일 | bookrose@naver.com
트위터 | @Book_ocean
페이스북 | bookocean
카 페 | http://cafe.naver.com/bookrose
전 화 | 편집문의 : 02-325-5352   영업문의 : 02-322-6709
팩 스 | 02-3143-3964

출판신고번호 | 제313-2007-000197호

ISBN 978-89-93662-94-8 (04810)
      978-89-93662-93-1 (전2권)

*이 도서의 국립중앙도서관 출판시도서목록(CIP)은 e-CIP홈페이지(http://www.nl.go.kr/ecip)
와 국가자료공동목록시스템(http://www.nl.go.kr/kolisnet)에서 이용하실 수 있습니다.
(CIP제어번호 : CIP2012004651)

이수광
장편소설

박정희 1

북오션

한강의 기적을 이룩한 사나이

박근혜 의원이 새누리당 대통령 후보가 되면서 새삼스럽게 박정희 전 대통령이 화제가 되고 있다. 박정희에 대한 평가는 극과 극을 달린다. 박정희의 사진이 원체 근엄해 보여서 소설의 주인공감이라고 생각하지 않았었다. 그런데 막상 소설을 쓰기 위해 취재를 하자 그가 그림, 시, 음악, 검도 등에도 일정한 소양을 가지고 있고 인간적으로도 상당히 독특한 매력이 있는 사람이라는 것을 알게 되었다.

소설을 쓰기 위해 구미 생가를 방문한 일이 있었다. 생각보다 참 소박했다. 한때 대학생들이 몰려와 불을 질러서 생가가 타버리는 바람에 일부를 개축했다고 하는데 아쉬운 일이 아닐 수 없다.

박정희는 여린 성품을 갖고 있기도 했다. 박정희가 서독을 방문했을 때, 외화를 벌기 위해 나간 광부들을 보고 눈물을 흘린 이야기라든지, 김영삼 신민당 총재와 영수회담을 할 때 눈물을 흘리며 울었던 일, 아들을 육군사관학교에 보내고 가슴 아파하던 일, 아들이 휴가를 받아 오자 집안에 활기가 돈다고 일기에 남긴 것이 그 증거이다. 그런가 하면 3선 개헌을 할 때는 친구까지 가혹하게 몰아붙였다.

박정희는 많은 일을 한 사람이다. 경부고속도로 건설, 자동차 공장 건설과 조선소 건설, 포항제철과 지하철 건설 등은 박정희가 아니면 추진하기 어려웠던 프로젝트가 아니었을까 하는 생각을 하게 된다. 식량 자급자족, 자주국방, 산림녹화 사업에도 일생을 바쳤다. 무엇보다 관 주도라는 비난을 받았던 새마을운동 사업이 외국에까지 널리 알려지고 그 노하우를 배워 가는 나라들이 많다는 사실도 잊어서는 안 된다.

박정희는 확실히 한강의 기적을 이룩했다.

현재 대통령 후보들이 오로지 복지 문제만 거론하고 국방에 대해서는 공약을 제시하지 않는 것을 보고 놀랐다. 최근의 상황만 보더라도 영토 문제로 한·중·일이 첨예하게 대립하고 있는데도 국가 수호에 대한 비전을 제시하지 않고 있다.

박정희 전 대통령이라면 과연 그랬을까.

사실 60, 70년대에 대해서는 박정희를 비판하기보다 시대를 비판해야 한다. 군부는 6·25로 인해 비대해져 있었고 젊은 장교들은 상당수가 쿠데타를 모의하고 있었다. 박정희나 그의 추종자들이 5·16을 일으키지 않았어도 다른 장교들이 일으켰을 가능성이 높다.

60, 70년대의 경제 건설은 그의 치적이고 민주주의에 대한 탄압은 그의 과오다. 60, 70년대에 독재를 했던 여러 나라들이 모두 우리

나라처럼 경제 발전을 이룬 것은 아니라는 사실에서 한강의 기적이 평가되어야 한다.

이 작품은 몇 년 전에《인간 박정희》라는 제목의 3권짜리 소설로 출간되었으나, 이번에 2권으로 압축하면서 대대적으로 개작을 했다.

박정희를 비판하는 사람이든 숭배하는 사람이든 그에 대한 책은 앞으로도 계속 나올 것으로 보인다. 박정희를 어떻게 평가하든지 그것은 집필자들의 몫이고, 이에 공감을 하고, 못 하고는 독자의 몫이다. 나는 나의 시각으로 박정희를 그렸다.

소설을 2권으로 마무리하면서 내면을 좀 더 깊이 들여다보지 못한 것 같아 아쉽다. 실명 소설이기 때문에 그의 내면을 작가의 멋대로 추정하거나 단정할 수가 없었다.

박정희는 자신이 독재자라는 것을 알고 있었고 일기에도 그렇게 기록했다. 체제를 부정하는 사람들이 있다는 것도 알고 있었다.

그럼에도 10월 유신을 강행한 것은 자신의 손으로 민족중흥을 이룩하고 자주국방을 이룩하려는 야심을 갖고 있었기 때문이었다.

2012년 10월
이수광

박
정
희
1

차례

아버지는 대통령, 딸은 대통령 후보

쏴아아. 바람이 일면서 창문으로 빗발이 들이치고 있었다. 어두컴컴한 하늘에서 차가운 빗방울이 바람에 실려와 유리창을 때렸다. 가을이구나. 이강호는 창문을 때리는 빗방울을 보면서 스산한 바람이 가슴속으로 불어오는 것을 느꼈다. 신문사는 벌집을 쑤신 것처럼 술렁거리고 있었다. 드디어 여당인 새누리당의 경선이 끝나 박근혜 의원이 공식적으로 2012년 대통령 후보가 된 것이다. 대통령 후보는 누가 되든 자신과 상관없는 일이라고 생각했는데 이강호는 이상하게 가슴이 뛰었다. 신문사 편집국에 매달려 있는 텔레비전에서 박근혜 후보가 수락 연설을 하는 모습이 비치고 있었다. 경선이 열렸던 잠실종합운동장은 박근혜를 연호하는 당원들의 함성으로 떠나갈 것 같았다.

'박근혜가 대통령에 당선되면 우리나라 최초로 아버지에 이어 딸이 대통령이 되는구나.'

이강호는 텔레비전을 보면서 얼핏 그렇게 생각했다. 정치부 기자들은 박근혜가 새누리당 경선에 당선되면서 박정희의 5·16 군사정변과 제3공화국 시절, 유신시대, 육영수의 저격, 박정희의 시해, 그리고 육영수 여사가 저격당한 뒤에 퍼스트레이디 역할을 하던 박근혜가 10·26 이후 은인자중하다가 정치인으로 변신하여 여당인 새누리당 대통령 후보가 되기까지의 여정을 특집 지면으로 꾸미느라 정신이 없었다.

이강호는 사회면을 담당했기 때문에 박근혜의 일상에 대한 기사를 준비했다. 그녀가 경선에서 후보로 당선될 것을 예측하고 있었기 때문에 미리 써 놓았던 기사를 편집부에 넘긴 상태라 크게 바쁜 일은 없었다. 그러나 신문사에서는 그녀가 후보로 당선되면 특별취재팀을 구성하기로 해 내일부터는 집에 들어가지 못하는 날이 많을 것 같았다.

'오늘은 빈대떡에 술이나 한잔 마시면 좋겠군. 비도 청승맞게 오고 있으니……'

이강호는 그렇게 생각하면서 퇴근 준비를 서둘렀다. 박근혜는 여당인 새누리당의 대통령 후보로 야당인 민주당에서 거론되는 후보와 박빙의 지지율 차이를 보이고 있었다. 새누리당의 대통령 후보가 결정되었으니 선거전은 어느 때보다도 치열해질 것이고 숨 가쁘게 진행될 것이다. 그와 함께 근거 없는 모략과 네거티브, 포퓰리즘 선거 전략이 판을 치게 될 것이다. 이강호는 거기까지 생각하자 가슴이 답답해져 왔다. 신문사의 대통령 선거 취재팀은 그런 모든 것들을 검증하면서 보도해야 한다. 그때 그에게 전화가 한 통 걸려 왔다.

"이강호, 오늘 바쁜가?"

대학 동창인 서광표였다. 청계천에서 헌책방을 하는 친구인데 몇 달에 한 번씩 귀한 고서가 나왔다면서 그에게 전화를 하곤 했다. 대부분 귀한 책은 아니었지만 50년 전에 출간된 《수호지》 초판본이라든가, 《난장이가 쏘아올린 작은 공》 초판본을 구해 주기도 했다. 《난장이가 쏘아올린 작은 공》 초판본은 인터넷에서 100만 원 이상에 거래되고 있었다.

"그래, 무슨 일이야?"

이강호는 얼굴을 찌푸리면서 서광표에게 되물었다.

"오늘 박근혜가 새누리당 대통령 후보가 되었네."

서광표도 텔레비전을 본 모양이었다. 하기야 새누리당 대통령 후보 경선은 텔레비전과 라디오, 신문이 연일 대대적으로 보도하여 국민들도 비상한 관심을 갖고 있었다.

"그게 자네와 무슨 상관이야?"

"가게로 오게. 내가 꼭 보여 줄 게 있어. 대통령 선거에 중요한 영향을 미칠지도 몰라."

"뭔데?"

"와서 얘기해. 박근혜 후보와 관련된 거야."

서광표는 더 이상 이야기하지 않고 전화를 끊었다. 이강호는 잠시 비 오는 창밖을 내다보았다. 신문사에서 서광표가 있는 청계천 8가까지는 30분쯤 걸릴 것이다. 그 근처에는 곱창집이 많아 소주 한잔하기에는 제격이라고 생각했다. 그렇잖아도 소주 한잔이 마시고 싶었던 참이었다. 그러나 고서를 구한 것이 아니라 박근혜 후보와 관련된 일이라는 말에 묘하게 신경이 쓰였다. 서광표는 무엇을 말하려는 것일까. 이강호는 신문사 주차장으로 내려가 차를 끌고 청계천 8가를 향해 달리기 시작했다.

사방은 이미 어두워졌고 바람까지 불고 있었다. 거리의 가로수들이 검푸르게 나부끼고 차들이 서행을 했다. 머릿속으로 여러 가지 생각이 오고갔다. 박근혜는 과연 대통령이 될 수 있을까. 박근혜가 대통령이 되면 박정희에 이어 그 딸이 또 대통령이 되는 것이다. 국민들은 왜 독재자의 딸인 그녀를 지지하고 있는 것일까. 보수층의 대안은 그녀밖에 없는 것일까. 야권에서는 안철수 바람이 거세게 불었다. 민주당은 치열하게 경선을 할 것이고 안철수와 단일화 협상을 벌이게 될 것이다. 많은 정치 평론가들이 그렇게 예측하고 있었다. 이강호는 국민들이 누구를 지지할지 전혀 예측할 수 없었다.

박근혜가 이제 새누리당 대통령 후보가 되었으니 야당과 본격적인 선거전을 벌일 것이다. 우리나라의 대통령 선거는 언제나 박빙의 승부다. 이러한 선거에는 마타도어^{흑색선전}가 중요한 영향을 미친다.

예전 한나라당의 이회창 후보는 선거 기간 내내 아들의 병역 문제로 시달렸다. 야당에서 폭로한 병역 비리는 대통령 선거가 끝난 뒤에야 거짓이라는 사실이 밝혀졌다. 거짓 폭로 때문에 이회창 후보는 낙선했고 노무현 후보가 당선되었다고 해도 과언이 아니었다. 그런 일이 이번 선거에서 또다시 벌어질 가능성이 있었다.

이강호는 이회창 후보가 억울하게 떨어졌다고 생각했다. 그러나 국민들은 그 문제를 대수롭지 않게 생각하고 있었다.

'몇몇 사람의 거짓 폭로에 선거가 영향을 받으면 안 돼.'

이강호는 얼굴을 찌푸렸다. 서광표는 무엇을 보여 주려는 걸까. 박근혜가 새누리당 대통령 후보로 당선되자마자 서광표가 전화를 걸어온 것은 무엇인가 의도가 숨어 있는지도 모른다고 생각했다.

차들이 밀려 서광표의 헌책방까지는 40분이 넘게 걸렸다. 서광표는 가게에서 혼자 술을 마시고 있었다. 서광표를 만날 때는 보통 인근의 술집에 가는데, 오늘은 책방에다 안주와 술을 준비해 놓고 있는 것이 수상했다.

"무슨 일이야?"

이강호는 그의 앞에 털썩 앉으면서 물었다. 그의 가게 양쪽 벽에는 헌책들이 빽빽했다. 그는 작은 책상에 블루스타를 얹어 놓고 프라이팬에다가 곱창전골을 끓이고 있었다. 근처 곱창 가게에서 포장해 온 모양이었다.

"우선 한잔 마셔라."

서광표가 이강호에게 술을 따라 주었다. 이강호는 그가 따라 주는 술을 단숨에 비우고 젓가락으로 안주를 집어먹었다. 차를 끌고 왔으나 대리를 부르면 상관없을 것이다.

"박근혜가 대통령에 당선될 것 같아?"

서광표가 건성으로 물었다. 그는 키가 작고 눈동자의 동공이 자주 움직이는 편이었다.

"무슨 소리야? 선거는 아직 시작도 하지 않았잖아?"

이강호는 신문사에 있었기 때문에 이런 질문을 수없이 받았다.

"너는 기자니까 누가 당선될지 예측할 수 있을 거 아냐? 안철수야? 박근혜야? 아니면 문재인이야?"

"헛소리하지 마. 아직 선거 기간이 석 달도 더 남았어. 그 안에 무슨 일이 일어날지 어떻게 알아? 대통령 선거는 아무도 예측하지 못해. 노무현이 대통령 선거에 당선될 거라고는 누구도 예측하지 못했어. 그런데도 당선됐잖아? 지지율도 이회창 후보에게 뒤졌었고……."

선거만치 예측하기 어려운 것도 없었다. 지난 4·28 국회의원 선거 때도 새누리당이 압승할 것이라고는 기자들조차 예측하지 못했다. 서광표는 멀뚱멀뚱 이강호를 쳐다보며 운을 떼었다.

"박정희 대통령이 자서전을 남긴 걸 알아?"

"자서전?"

서광표의 말은 금시초문이었다. 그런 것이 있다면 벌써 오래전에 공개되었을 것이다.

"그래."

"박정희 대통령이 자서전을 썼다는 말은 들은 적이 없어. 자서전이 있었다면 벌써 책으로 나왔겠지."

"박정희 대통령이 일기를 쓴 것은 알아?"

"그런 말은 들은 적이 있어. 그런데 자서전이 정말 있는 거야?"

이강호는 서광표를 똑바로 쏘아보았다. 그는 오래전부터 진보적인 성향을 갖고 있었다.

"있어."

서광표가 단호하게 말하곤 이강호에게 다시 술을 따랐다. 이강호
는 천천히 마셨다.

"그런데 왜 책으로 출간되지 않은 거야?"

"그거야 누구도 그게 있는지 몰랐으니까. 발견된 지 얼마 되지 않
았어."

"정말 박정희 대통령의 자서전이 있다는 거야? 육필 원고야?"

"당연히 육필 원고지. 그래도 검증이 필요해."

"읽어 봤어?"

"응."

"어떤 내용이야? 박근혜에 대한 내용도 있어?"

서광표는 선뜻 대답을 하지 않고 뜸을 들였다. 박근혜에 대해 알
려지지 않은 내용이 있다면 특종이 될 것이다. 서광표가 뜸을 들이는
것을 보면 심심풀이로 꺼내는 이야기가 아니라는 느낌이 들었다. 순
간 뭔가 있다라는 생각이 번개처럼 뇌리를 스치고 지나갔다.

"그 원고 보여 줄 수 있어?"

"앞부분이야."

서광표가 책상 서랍에서 누런 봉투를 꺼냈다. 그 봉투에는 컴퓨터
로 입력한 A4 용지가 몇 장 들어 있었다. 이강호는 그 자리에서 읽기
시작했다.

* * *

나는 대한민국 대통령 박정희다.

일찍이 목숨을 걸고 혁명을 하여 조국 근대화를 주창하고 국가에 충성을 바치는 것을 필생의 업으로 삼은 군인이다. 내 머릿속에는 오직 충성과 애국뿐이다. 야당과 지식인들, 학생들이 부르짖는 민주주의는 이르다. 강력한 리더십으로 강한 나라를 만드는 것이 혁명을 했을 때부터의 내 꿈이었다.

오늘은 1979년 8월 15일이다. 8월 15일은 광복절이기도 하지만 나에게는 아내 육영수를 하늘나라로 보낸 날이다. 아내의 죽음을 생각하자 가슴이 먹먹해져 오고 눈시울이 뜨거워져 온다. 아내는 1974년 8월 15일, 그러니까 오늘부터 꼬박 5년 전 장충동 국립극장에서 광복절 경축 기념식을 할 때 문세광의 총에 맞고 죽었다. 아내는 피투성이가 되어 병원으로 실려 갔고, 아내가 앉아 있던 자리에는 신발과 핸드백이 떨어져 있었다. 이상하게 그때 나는 눈물이 흘러나오지 않았다. 내가 통곡을 하고 운 것은 아내가 국립묘지에 묻히기 위해 청와대를 떠났을 때였다. 텅 빈 안방에서 나는 갑자기 슬픔이 복받쳐 올라 목을 놓아 울었다.

문세광은 내가 독재를 했기 때문에 저격한 것이라고 말했다. 내가 독재를 했다고? 나는 문세광을 취조한 검찰의 보고를 받고 어이가 없어서 씁쓸하게 웃었다. 그것은 재야인사들이나 대학생들의 데모 때 종종 듣는 말이었다. 그들은 내가 왜 군사혁명을 일으키고, 유신

헌법을 선포했는지 전혀 이해하지 못했다. 북한은 청와대를 습격하기 위해 무장공비를 남파하고 판문점에서 도끼를 휘둘러 미군을 살해했다. 그들은 우리보다 몇 배나 강한 군사력을 갖고 있었다. 야당은 사사건건 반대를 해왔다. 경부고속도로를 건설할 때도 반대했고, 경제개발 5개년계획을 실천할 때도 반대했다. 나는 좀 더 강력하게 경제 발전과 자주국방을 이루기 위해서는 한국적 민주주의가 필요하다고 생각했고, 그것이 유신헌법이었다.

"아빠, 무얼 하세요?"

내가 대학 노트를 펴놓고 우두커니 앉아서 밖을 내다보고 있을 때 근혜가 커피를 가지고 들어왔다.

"그저 옛날 생각하고 있었다. 밥 먹었니?"

나는 근혜가 젊었을 때의 아내를 닮았다고 생각했다.

"네."

근혜가 살짝 미소를 짓고는 커피 잔을 책상 위에 놓았다. 근혜에게서 화장품 냄새가 희미하게 풍겼다. 근혜는 아내의 죽음을 어떻게 생각할까. 근혜도 내가 독재를 했기 때문에 아내가 문세광의 총에 맞아 죽었다고 생각하지 않을까. 내가 대통령에서 물러났다면 아내는 죽지 않았을지 모른다.

오늘은 광복절이다. 청와대 직원들조차 대부분 쉰다. 육군사관학교 생도로 있는 지만이도 외박을 나왔다가 돌아갔다. 지만이 사관학교로 돌아갔기 때문일까. 집안이 더욱 적막하고 텅 빈 듯한 기분이었다. 감수성이 한창 예민할 때 아내가 죽었기 때문에 지만은 충격을 받은 듯 공부에 전념하지 못하고 방황했다.

'늦게 낳은 아들이라 너무 귀여워한 탓인가?'

나는 지만을 생각하자 가슴이 아팠다. 매도 때리고 야단을 치기도 했으나 소용이 없었다. 아내가 세밀하게 보살펴 주는 것과 내가 잔소리를 하는 것은 전혀 달랐다. 나는 지만을 생각하다가 무겁게 한숨을 내쉬었다. 아내가 살아 있을 때는 집안에 웃음이 떠나지 않았으나 아내가 죽은 뒤로는 적막할 정도로 조용했다. 아이들도 그다지 말을 하지 않았다.

"아버지와 어머니가 싸우면 어떻게 되는지 아세요?"

어느 날 지만이 가족들 식사 자리에서 나에게 물었다. 나는 짓궂은 표정을 짓고 있는 지만의 얼굴을 응시했다. 아내도 무슨 말인가 의아하여 지만을 웃음 띤 얼굴로 응시했다. 세상의 모든 어머니들이 그렇겠지만 아들을 바라보는 아내의 얼굴은 천사 같았다.

"싸워? 왜 우리가 싸워?"

"부부 싸움 안 하세요?"

"사람이 어떻게 싸우지도 않고 사냐? 부부 싸움하는 것도 더러 나쁘지는 않아."

"아버지와 엄마가 부부 싸움을 하면 바로 육박전陸朴戰이 되는 거예요."

나는 지만의 말에 호탕하게 웃음을 터뜨렸다. 육박전肉薄戰을 육씨와 박씨의 싸움으로 표현한 유머가 재미있었던 것이다. 아내는 한참 후에야 그 뜻을 헤아리고 웃음을 터뜨렸다. 그랬던 지만의 얼굴에 이제는 웃음기가 사라져 버렸다. 그건 나 역시 예외가 아니었다. 평소 농담을 즐겼으나 아내가 죽은 뒤에는 아이들과 농담을 하는 일도 없어졌다.

지만을 생각하자 가슴이 싸하게 저려 왔다.

지만은 고등학교 2학년 때 담배를 피웠다. 그 사실을 알게 된 것은 아내 영수가 죽은 지 1년이 채 안 되었을 때였다. 아내가 죽은 뒤에 내 가슴을 가장 아프게 한 것은 아이들이었다. 아내가 살아 있을 때는 아이들을 무덤덤하게 보았으나 아내가 없는 지금은 아이들의 모습이 더욱 눈에 밟혔다. 아이들은 웃고 있어도 어딘지 모르게 쓸쓸해 보였다. 나는 아이들이 학교에 간 뒤에 가끔 아이들의 방을 들여다보곤 했다. 그날도 무심하게 지만의 방에 들어갔는데 방이 어질러져 있었다. 아내가 있었다면 항상 깨끗했을 터였다. 나는 책이며 함부로 벗어던진 옷을 정리한 후 빗자루를 들고 청소를 시작했다. 그런데 반쯤 열려 있는 책상 서랍에 담배가 들어 있었다.

'학생 놈이 담배를 피운다는 말인가?'

나는 청소를 하다 너무 놀랐다. 휴지통에는 피우다 버린 꽁초까지 있었다.

"이런 나쁜 놈, 학생 놈이 벌써 담배를 피워? 어디서 이런 못된 짓을 배웠어?"

나는 지만이 학교에서 돌아오자 다짜고짜 세차게 뺨을 때렸다. 지만이 얼굴을 감싸 쥐고 고개를 떨어뜨렸다.

"네가 담배를 산 거냐?"

"아닙니다."

"그럼 어디서 났어?"

지만은 경호원들이 따라다니기 때문에 스스로 담배를 살 수 없었다. 그런데 우연히 내 방에 들어왔다가 양담배가 방 한쪽 구석에 가득하게 쌓여 있는 것을 발견했다고 한다. 그것은 외국 귀빈들이 청와대를 예방할 때 선물로 가져온 것들이었다. 나는 국산 외에는 양담배를 피우지 않았던 터라 한쪽에 쌓아 두고 있었다. 그런데 지만은 호기심을 누르지 못하고 그것에 손을 댔던 것이다.

뺨을 맞은 지만이 울기 시작했다. 지만이 우는 것을 보자 나도 가슴이 아팠다.

"좋다, 내 것이라니 이제는 더 말하지 않겠다. 대신 나도 담배를 끊을 테니 너도 피우지 마라. 알았어?"

"예."

지만이 입술을 깨물고 있다가 대답했다. 마지못해 대답했지만 지만은 사관학교에 들어간 뒤에도 담배를 끊지 못하고 있는 것 같았다.

나는 커피를 한 모금 마셨다. 근혜는 말하기가 어려운 듯 머뭇거리고 있었다.

"너도 이제 시집을 가야 할 텐데……."

52년생이니 근혜의 나이 벌써 스물여덟 살이었다.

"아버지가 재혼을 하시거나 은퇴하시면 몰라도 당분간은 시집가지 않겠어요."

"좋아하는 사람도 없어? 설마 네가 그렇게 매력이 없는 것은 아니겠지?"

나는 농담을 건넸다. 근혜가 믿지 않게 눈을 흘기는 시늉을 했다. 주위에서 근혜를 시집보내야 하지 않겠느냐고 권고하는 사람들이 많았다. 아들을 갖고 있는 재벌 회장들, 법관의 자녀들도 있었고 군인의 자녀도 있었다. 청와대로 직접 편지를 보내오는 청년도 있었다. 근혜가 텔레비전 화면에 자주 비치자 열렬하게 구애를 하는 청년이 적지 않았다. 그러나 근혜는 어쩐 일인지 시집 이야기만 나오면 고개부터 흔들었다. 나도 근혜를 강제로 시집보내고 싶진 않았다. 부모의 강권으로 결혼했다가 평생 후회했던 나의 전철을 밟게 하고 싶지 않았기 때문이다.

"뭐, 할 말이 있니?"

다시 커피를 한 모금 마시고 근혜에게 물었다.

"아버지, 언제 은퇴하실 거예요?"

근혜가 고개를 숙인 채 물었다. 나는 정색한 표정으로 근혜를 쳐다보았다. 근혜에게서 이런 말이 나온 것은 처음이었다. 나는 날카로운 비수로 가슴을 찔린 기분이었다. 언제 은퇴를 하느냐고? 그것은 내가 가장 싫어하는 질문이었다. 아내가 저격을 당했을 때 그 생각을 했었다. 그러나 내가 물러난다면 그들이 원하는 대로 된다고 생각해 자주국방을 이룬 뒤에 물러날 것이라고 다짐했다. 자주국방은 반드시 이루어야 했다. 나는 사람들이 물러나야 한다는 말을 할 때마다 눈을 부릅뜨고 반발했다.

"네가 신경 쓸 일이 아니다."

냉랭하게 잘라 말했다. 근혜의 얼굴도 딱딱하게 굳어졌다.

"제가 국정에 관여하는 것은 옳지 않지만 쇄신이라도 해야 할 것 같아요."

"중앙정보부장을 바꾸라는 이야기냐?"

"중앙정보부뿐만이 아니에요. 경호실장에 대한 뒷말도 많아요."

"뒷말이야 늘 있는 일이야."

나는 근혜와의 대화가 겉돌고 있다고 생각했다. 커피를 마시면서 이런저런 이야기를 했으나 우리의 이야기는 평행선을 달렸다. 나는 근혜가 방으로 들어가자 다시 한 번 자서전을 써야겠다고 생각했다. 내가 스스로 기록을 하지 않으면 훗날 사람들이 멋대로 내 이야기를 할 것이다. 그런데 자서전을 어디서부터 시작해야 옳을까. 나는 근혜와 비슷한 나이였을 때 무엇을 했는지 생각해 보았다. 만주군관학교 시절, 일본 육군사관학교 시절이 떠올랐다. 해방이 되자 초라한 모습으로 고향으로 돌아올 때도 머릿속에 떠올랐다.

젊은 시절을 생각하자 피가 끓기 시작한다. 젊었을 때, 나는 강한 나라를 위하여 목숨을 걸었다. 군인 정신으로 무장하여 대한민국을 이끌어야 한다고 생각했다. 이 나라 국민들 모두 잘살게 하기 위해 경제 건설을 이룩해야 된다고 생각했다. 기억조차 희미한 오래전에 우리나라가 일본의 식민지로 있을 때, 우리 백성들은 풀뿌리를 먹으면서 살아왔다. 나라가 약해서 남의 나라의 지배를 받고, 먹을 것조차 없어서 굶어 죽고, 병들어 죽는 사람들이 허다했다. 나는 지긋지긋한 가난이 싫어 군인이 되려고 했다. 만주군관학교를 거쳐 일본 육군사관학교를 졸업한 것은 군인으로 성공하여 당당한 사내가 되고자 하는 욕망 때문이었다. 그 시절을 생각하면 지금도 가슴이 아릿해져 온다.

사람이 잘사는 비결은 정녕 없는 것인가.

사람이 굶주림과 질병의 고통을 겪지 않을 수는 없는 것인가.

나는 평생을 이 생각에 골몰했다. 하나 일모도원日暮途遠, 이룬 것도 없이 길은 멀고 해는 짧으니 이를 어찌하겠는가.

'딸랑딸랑.'

문득 청와대 소접견실 추녀에 매달아 놓은 풍경이 귓전을 때렸다. 바람이 일 때마다 풍경이 울고 청와대 뜰에 화사하게 피어 있던 도리桃李가 수채화를 펼쳐 놓은 것처럼 눈앞에 아련히 떠오른다. 희고 붉은 꽃잎이 분분히 날리고 미인의 살내음 같은 꽃향기가 진동한다.

봄날이구나.

내 의식이 더 오랜 옛날로 달려간다.

6관구 사령부 관사인가…….

아이들이 동산에서 뛰어놀고 목련 같은 아내는 부하들의 술안주를 준비하기 위해 부엌에서 김치전을 부치고 있다. 가난한 살림에도 이틀이 멀다하고 찾아오는 부하 장교들 때문에 아내는 사과 하나도 못 사먹겠네, 하고 나직하게 한숨을 내쉬곤 했었다. 군인 봉급이 적었기 때문에 살림을 하기에도 빠듯했다. 그런데도 부하 장교들은 자주 찾아왔고 아내는 그들을 대접해야 했다.

산처럼 불러 오른 아내의 배에 얼굴을 살며시 기댄 적이 있었다.

아마 지만을 가진 지 8개월쯤 되었을 무렵일 것이다. 아내는 내 머리칼을 만지면서 부드럽게 웃곤 했다.

꽃 피어도 함께 즐길 이 없고
꽃 져도 함께 슬퍼할 이 없어라
묻노니, 그대는 어디 계시뇨
꽃 피고 꽃 질 때에

문득 아내가 좋아하는 중국 당나라 여류 시인 설도薛濤의 시가 떠올랐다. 설도는 장안長安에서 태어나 훗날 기생이 되었으나, 스스로 만든 붉은 종이에 애절한 사랑의 연시를 많이 지어 적은 여인이었다. 한국에서는 그 시가 개작되어 '동심초'라는 제목의 가곡으로 널리 불리고 있었다.

꽃은 바람에 시들어 가고
만날 날은 아득히 멀어져 가네
마음과 마음은 맺지 못하고
헛되이 풀잎만 맺었는고

나는 아내의 노래를 가만히 따라 불렀었다. 문득 가슴에 둔중한 통증이 오면서 아내의 목련처럼 하얀 얼굴이 떠오른다. 아아, 죽음이란 무엇인가. 이제 나도 죽으면 아내를 만날 수 있을 것인가. 어느 봄날 꽃이 가득 핀 나뭇가지 아래에서 아내와 함께 설도의 시를 가슴 시리게 부를 수 있을 것인가. 암암한 어둠 속에서 의식은 천리마를 타고 아득한 홍진 속을 지나 과거로 달려갔다.

* * *

이강호는 A4 용지에 입력된 박정희 자서전을 읽다가 서광표를 쳐다보았다. 자서전의 내용은 처음부터 상당히 문학적인 표현으로 이루어져 있었다. 이것은 박정희 자신이 쓴 것이 아니라 누군가 대필한 것이라는 느낌이 들었다. 민감한 시기에 이런 유의 자서전이 뜬금없이 나왔다는 것도 이상했다.

"이건 누군가 대필한 거야. 본인이 직접 쓴 것이 아니야."

이강호는 단호하게 말했다.

"내용은 어때?"

"내용도 좀 꾸민 듯한 소설적인 느낌이 들어."

"그래?"

서광표는 금세 실망한 표정으로 변했다. 이강호는 천천히 술을 마셨다. 서광표도 따라 마시며 밖에서 빗발이 날리는 것을 내다보고 있었다.

"나머지 자서전 원고를 나에게 보여 줘."

서광표는 잠시 생각에 잠긴 듯한 표정이었다. 그러나 곧이어 헌책들 사이에서 두툼한 A4 용지 한 묶음을 꺼내 왔다.

"원본은 아니야."

"원본이 있기는 있는 거야?"

"원본이 없이 어떻게 이런 이야기를 하겠어?"

서광표가 허황된 이야기를 하고 있는 것 같진 않았다.

"나에게 연락한 목적이 뭐야?"

"자서전이 진짜인지 확인하고 싶어. 자서전에 M캡슐 작전이 나오고 J와 L이라는 인물들이 등장해. 이게 사실인지 알고 싶어."

"M캡슐이 뭔데?"

"핵무기 설계도야."

"핵무기 설계도가 왜 필요해? 인터넷에 나도는 이야기로는 고등학생들도 원자탄을 만들 수 있다고 하던데……."

"핵무기 제조는 네 말처럼 그렇게 어렵지 않지. 문제는 핵무기의 원료가 되는 플루토늄이잖아? 그건 핵발전소에서 나오는 찌꺼기인 우라늄 재처리 과정에서 나와. 즉, 핵연료 재처리 공장 설계도에 관한 거야."

이강호는 그렇다면 이야기가 달라진다고 생각했다. 박정희 자서전이 사실이라면 센세이션을 일으킬 것이다. 이강호는 서광표와 헤어져 서둘러 집으로 돌아왔다. A4 용지에 출력된 나머지 내용을 빨리 읽고 싶었다. 자서전의 원본은 따로 있을 것이고 프린트된 자서전 또한 두툼했기 때문에 그것을 읽으려면 편안한 장소가 필요했다. 이강호는 일단 거실에 앉아 텔레비전을 켜놓고 자서전을 읽기 시작했다. 그런데 하필이면 박근혜 후보가 새누리당 후보가 되어 수락 연설을 하는 장면이 보도되고 있었다.

"존경하는 국민 여러분, 당원 동지 여러분! 정말 감사합니다. 오늘 제가 이 자리에 서게 되고, 새누리당의 대통령 후보가 된 것이 저에게는 큰 영광입니다. 오늘 저의 승리는 당원 여러분의 승리이고, 국민 여러분의 승리입니다. 여러분이 아니었다면, 저 박근혜는 없었을 것입니다. 고비 고비마다 저를 믿어 주시고, 어려울 때 일으켜 세워 주신 분들이 바로 여러분이십니다. 정말 다시 한 번 감사드립니다. 저 박근혜, 여러분께서 보내 주신 뜨거운 사랑과 신뢰와 믿음에 보답하겠습니다. 국민 여러분의 행복을 위해 저의 모든 것을 바치겠습니다……."

박근혜의 수락 연설은 현장에 있는 대의원들의 박수갈채를 이끌어냈다. 이강호는 그녀의 수락 연설을 들으면서 박정희의 자서전을 읽기 시작했다. 박근혜의 수락 연설은 출사표를 던진 것이나 다름없었다. 그것은 50여 년 전 군인이었던 그녀의 아버지 박정희가 쿠데타를 일으키면서 발표했던 담화문과 흡사했다. 박정희도 쿠데타를 일으키면서 비장한 출사표를 던졌던 것이다.

친애하는 애국동포 여러분! 은인자중하던 군부는 드디어 금조 미명을 기해 일제히 행동을 개시하여 국가의 행정, 입법, 사법의 삼권을 완전히 장악하고 이어서 군사혁명위원회를 조직하였습니다. 군부가 궐기한 것은 부패하고 무능한 현 정권과 기성 정치인들에게 이 이상 국가와 민족의 운명을 맡겨둘 수 없다고 단정하고 백척간두에서 방황하는 조국의 위기를 극복하기 위한 것입니다.

박정희의 출사표는 좀 더 비장하고 단호했다. 군인으로서 목숨을 걸고 단행하는 쿠데타였기 때문에 비장했을 것이고 무력으로 정권을 빼앗아야 했기 때문에 단호했을 것이다. 그의 담화문에서 쇳소리가 나는 것 같은 기분은 이 때문일 것이다. 그러나 그는 군사 쿠데타에 성공했고 대한민국의 대통령이 되어 오랫동안 통치자가 되었다. 반대파는 그를 독재자로 비난하지만 국가 경제를 발전시킨 것은 틀림없는 사실이었다. 게다가 그는 비극적인 인물이었다. 1974년 8월 15일 부인 육영수가 문세광의 총탄에 맞아 절명하고 불과 5년 후에는 그 자신도 김재규의 총탄에 시해되었다. 그리고 33년 만에 그의 딸 박근혜가 대한민국의 대통령이 되기 위해 여당인 새누리당의 후보로 나선 것이다.

이강호는 다시 원고를 읽기 시작했다. 박정희 자서전이라는 이름에 걸맞게 원고는 그의 일대기를 상세하게 기록하고 있었다.

포스트 박을 제거하라

이강호는 미심쩍은 부분이 없는 건 아니었으나 원고를 읽고 가슴이 세차게 뛰는 것을 느꼈다. 원고는 1979년 10월 26일, 박정희가 궁정동 안가에서 시해될 때까지, 자주국방 차원에서 핵무기 개발을 위해 전력을 기울인 박정희의 고뇌와 가난한 시골 소년이 대통령이 되기까지의 과정이 적나라하게 기록되어 있었다. 1977년 미국 대통령에 지미 카터가 취임하면서 미군 철수가 논의되기 시작했고 박정희는 자주국방이 이루어지지 않은 상태에서 미군이 철수하면 반드시 북한이 침략할 것이라 보고 핵무기 개발을 서두르기 시작했다. 미국은 핵무기를 개발하려는 박정희에게 여러 가지 압력을 넣고 경고했으나 그는 멈추지 않고 추진했다.

박정희가 핵무기를 개발하려고 한 것은 어느 정도 공개된 사실이었다. 그러나 그 과정에서 치열한 첩보전이 전개되었다는 것은 베일에 싸여 있었다.

'이걸 어떻게 하지?'

이강호는 박정희 자서전을 새벽이 되어서야 모두 읽었다. 비는 그 때까지도 쉬지 않고 내리고 있었다. 박정희는 유신 독재로 재야인사들에게는 독이었다. 유신체제에서 고통을 받은 사람들은 박근혜에게도 그 책무가 있다고 주장하고 있었다. 진위 여부를 떠나 박정희 자서전에는 경제 발전과 자주국방을 위해 고뇌하는 '인간 박정희'의 모습이 낱낱이 기록되어 있었다.

이강호는 박정희 자서전에 대해 동료 기자들에게 이야기하지 않았다. 자서전이 사실인지 아닌지 확인도 안 된 상태에서 기사를 터뜨릴 순 없었다.

'이건 서광표가 노리고 있는 꼼수인지도 몰라.'

기사를 쓴다면 서광표가 갖고 있다는 육필 원고를 확보해야 하는 것이다.

이강호는 오후가 되자 김충미에게 전화를 걸었다. 그녀는 10년 전부터 사회과학 서적만 내는 출판사의 사장으로 골수 진보주의자였다. 민주통합당보다 통합진보당을 더 지지하고 있는 사람이었다. 책에 대한 홍보 문제로 몇 차례 만난 뒤에 술친구가 되어 가까워졌다. 이강호보다 나이가 세 살이나 더 많았으나 은근하게 이강호에게 관심을 보이고 있는 여자이기도 했다. 퉁퉁한 몸집에 웃음소리가 호탕했다.

"웬일이야? 강호 씨가 나에게 전화를 다 하고……."

비가 오고 있는데도 그녀의 목소리는 밝고 탄력이 넘쳤다.

"비가 와서 파전에 막걸리 생각이 나서 전화했어."

김충미의 출판사가 있는 공덕동 뒷골목에 출판인들이 좋아하는 막걸리집이 있었다. 값이 싸면서도 안주가 맛있어 가난한 출판인들이 자주 찾아왔다.

"내가 보고 싶은 것은 아니고?"

"볼 게 있어야 보고 싶다고 하지."

"빈말이라도 보고 싶다고 하면 안 되냐? 그리고 내가 볼 게 왜 없어? 보기 드문 글래머인데 그것만으로도 닳도록 볼 수 있을걸. 헐헐……"

김충미가 낄낄대고 웃음을 터뜨렸다. 물론 몸이 뚱뚱한 여자답게 그녀의 가슴은 빅사이즈다. 이강호는 그녀의 반응에 웃음이 나왔다. 자신의 가슴이 볼 게 있다고 너스레를 떠는 여자를 만나는 것은 즐거운 일이다.

"알았어. 보고 싶으니까 한번 보자고……"

"언제?"

"오늘……"

"젠장 어떤 작가 놈은 점심때부터 낮술을 하게 만들더니 이제는 기자 놈도 술을 마시자고 하네. 맘 변하기 전에 총알처럼 달려와. 어차피 일도 안 되던 중이었어."

김충미가 깔깔대고 웃었다. 이강호는 전화를 끊고 사무실에서 나왔다. 빗줄기가 더욱 굵어져 있었다. 이강호는 택시를 타고 공덕동으로 달려갔다. 김충미는 10분이 지나서야 출판사 사무실에서 내려왔다.

"무슨 일이야? 비가 와서 떠나간 애인이라도 생각난 거야?"

김충미는 이강호를 보자 주먹으로 어깨를 탁 때렸다. 이강호는 얼굴을 찡그리면서 망할 놈의 여자가 주먹 하나는 맵구나 하고 생각했다.

"오버하지 마."

이강호는 그녀와 함께 시장통 술집으로 갔다. 비가 오고 있어서 거리가 온통 흥건하게 젖어 있었다.

"무슨 일이야?"

안주와 술이 나오고 막걸리를 한 잔 마신 김충미가 정색을 하고 물었다.

"박정희 자서전을 책으로 내면 어떨 것 같아?"

나도 시장했던 참이라 막걸리 반잔을 꿀꺽꿀꺽 마신 후 파전을 잘라 집어먹었다. 홀 안에는 비가 오기 때문인지 벌써 몇 팀이 왁자하게 떠들면서 술을 마시고 있었다.

"왜 하필 이때 책을 내?"

"박정희 자서전이 있대."

"박정희 자서전? 그게 왜 이제 나오지? 박정희가 죽은 지 30년도 지났잖아?"

"그래서 이상한 거야. 자서전이 나오면 대통령 선거에 영향이 있을까?"

"내용이 문제겠지. 어떤 내용을 담고 있느냐가 문제야."

"핵 문제를 담고 있어. 박정희 시해 문제와 CIA 문제를 담고 있어. 박정희가 자주국방 때문에 죽을 수밖에 없었다는 거야.

"죽은 사람이 그렇게 주장해?"

"그 부분이 의아한데, 대필 작가가 있는 것 같아. 아무래도 대통령이 직접 원고를 다듬을 시간이 없으니 말이야. 대통령이 시해된 뒤에 덧붙인 것 같아."

"자신의 이름을 밝혔나?"

"알아봐야지."

"말이 안 되잖아? 정말 자서전이 있어?"

김충미가 눈살을 찌푸렸다.

"모르겠어. 자서전이라는 원고가 하나 있는데 A4 용지에 프린트한 거야. 원본이 아니지."

"내가 볼 수 있을까?"

"이걸 보관하고 있는 사람이 서광표야. 한때 야당 국회의원 보좌관을 지냈어."

"이게 음모일 수도 있다는 얘기네."

김충미의 얼굴이 딱딱하게 굳어졌다. 김충미도 이강호와 같은 생각을 하고 있었다. 그런데 만약 가짜 자서전을 만들 의도였다면 사후의 이야기를 자서전에 넣었을까? 아마도 진짜보다 더욱 진짜처럼 만들었을 것이다. 그점이 역설적이게도 이 원고에 신뢰를 주고 있었다.

다른 좌석에 있는 사람들이 박근혜에 대해 이야기하고 있는 것이 들려왔다. 술집에 있는 텔레비전에서 새누리당 후보에 당선된 박근혜가 국립묘지를 참배하는 모습이 비치고 있었다. 박근혜는 이어 봉하 마을에 가서 노무현의 묘를 참배할 것이라는 내용도 나오고 있었다.

"안철수는 어때? 대통령 출마를 하기는 하는 거야?"

김충미가 이강호에게 물었다.

"당연히 하겠지. 안철수 진영에 대변인까지 있잖아?"

"당도 없고 조직도 없는데 가능할까?"

"안철수가 출마하면 야당에서 그와 함께하려는 국회의원들이 나올 거야. 정치를 하고 싶어 하는 사람들도 많고……."

"후보 단일화는……?"

이강호는 대답할 수 없었다. 안철수에게는 너무나 많은 가능성이 남아 있었다.

김충미와 막걸리를 마시고 다시 호프를 마셨다. 김충미에게서 특별한 이야기를 들을 수는 없었다. 집에 돌아온 것은 10시가 넘은 시간이었다. 김충미는 박정희가 핵무기 개발을 하려고 했다는 사실을 희미하게 알고 있었다. 그러나 CIA의 음모로 박정희가 시해되었다는 것은 유언비어 수준일 것이라 말했다.

"자서전은 박근혜 진영에서 나온 것일 수도 있어."

"왜 박근혜 진영에서 이런 게 나와?"

"《안철수의 생각》이라는 책이 나와서 그의 인기가 폭발적으로 올라갔잖아?"

이강호는 안철수가 대선에 출마한다는 사실을 90퍼센트라고 생각했으나 공식적으로 출마 선언을 하지 않아 곤혹스러웠다. 출마는 하지 않으면서 그는 정치인으로서의 행보를 하고 있었고, 동정 하나 하나가 언론의 집중적인 관심의 대상이 되고 있었다. 이러한 일은 전례가 없는 일이었다. 그의 출마 여부가 초미의 관심사가 되고 있었으나 출마 선언을 하지 않아 지지율이 떨어지고 있을 때 《안철수의 생각》이라는 책을 출간하고 그에 맞춰 공중파 방송인 SBS의 〈힐링 캠프〉에 출연하여 폭발적인 관심을 끌었다. 책이 순식간에 수십만 부가 팔려 나가고 그의 지지율이 수직으로 상승했다.

'언론 플레이의 귀재구나.'

이강호는 그가 출연한 방송을 보면서 탄복했다.

박정희 자서전을 읽으면서 이강호는 많은 생각을 했다. 박정희 자서전이 이 시기에 출현한 것은 놀라운 일이었다. 이강호는 그 자서전이 진짜인지 여부를 판별할 수 없어 걱정스러웠다.

서광표는 단순한 책방 주인이 아니다. 그는 대학생일 때 데모도 열심히 했고 민주화운동에도 참여했다. 그러다가 국회의원 보좌관으로 들어가 활약했다. 야당은 당시 김영삼의 상도동계와 김대중의 동교동계로 양분되어 있었다. 김영삼이 민자당과 합당하자 서광표가 모시던 국회의원은 야합이라고 비난하면서 상도동계와 결별하고 독자 노선을 추구했다. 그러나 김대중이 대통령이 되면서 서광표가 모시던 국회의원은 부산 출신이라 선거에서 낙선했고 자연스럽게 정계 은퇴를 하게 되었다. 서광표도 보좌관직에서 물러나 출판사를 창업했다.

서광표는 부산 출신이었기 때문에 호남 출신인 대통령을 비난하는 책을 출간했고 대통령을 비난하는 책을 발행했기 때문에 많은 탄압을 받았다. 서광표는 우여곡절 끝에 출판사를 유지하지 못하고 헌책방을 하게 된 것이다.

서광표를 만난 지 며칠이 지났다.

"박정희 자서전에 궁금한 게 있다고 했지? 당시에 부총리를 지낸 노인을 한번 만나 볼래?"

김충미가 전화를 걸어 왔다.

"그 노인이 누군데?"

"신국현 경제기획원 장관 겸 부총리 기억해?"

"그래."

"그 노인이 우리 출판사에서 책을 낸 일이 있어. 그래서 아는 사이인데 자서전에 대해 알고 있을 거야. 내가 전화번호 알려줄게."

이강호는 신국현 전 부총리를 만나기로 했다. 전화를 걸자 신국현은 카랑카랑한 목소리로 만나고 싶지 않다고 잘라 말했다. 이강호는 그를 몇 번이나 간곡하게 설득하여 찾아갔다. 그가 살고 있는 곳은 안성시 고삼면 쌍지리로 뜻밖에 깊은 산속이었다. 이강호가 찾아갔을 때 그는 집에 없었고 고삼저수지에서 낚시를 하고 있었다. 이강호는 다시 낚시터로 그를 찾아갔다.

"무슨 일로 나를 찾아온 건가?"

그는 백발의 노인이었다. 한때 경제기획원장관 겸 부총리로 명성을 떨친 사람이라 꼬부랑 할아버지가 되어 있을 것이라 생각했는데 의외로 건장해 보였다.

"박정희 대통령이 자서전을 쓴 일이 있습니까?"

이강호는 신국현의 옆에 앉아서 조심스럽게 물었다.

"그게 왜 중요한가?"

신국현이 이강호를 힐끗 살핀 뒤에 건성으로 물었다.

"이번 대통령 선거에 영향을 미칠 수 있기 때문입니다."

"자네는 어떻게 생각하나?"

"예?"

"박근혜 양이 대통령이 되는 거 말일세. 박근혜 양을 지지하나?"

이강호는 박근혜를 지지하지 않았다. 그는 누가 대통령이 되어도 상관이 없다고 생각하고 있는 편이었다.

"안철수를 지지하나?"

"그렇지도 않습니다."

"문재인을 지지하지도 않겠지."

"어떻게 아십니까?"

"소위 대한민국 지식인들이라는 자들의 공통적인 생각이지. 유력한 후보 셋을 모두 싫어해. 자네들이 좋아하는 것은 손학규지만 그는 대중적인 지지도가 약해서 본선에 나가지 못할 것이고……."

이강호는 정세를 읽는 신국현의 판단에 깜짝 놀랐다.

"안철수를 반대하는 것은 국정 경험이 부족하다는 것이고…… 문재인을 반대하는 것은 노무현에 너무 가깝다는 것이고…… 박근혜를 반대하는 것은 소통이 안 되어 독재자가 될 가능성이 있다는 것이지……."

"고견이 있으십니까?"

"박근혜의 리더십을 대처주의로 보면 어떤가?"

"대처주의요?"

"영국의 대처 전 수상은 집권한 뒤에 강력하게 나라를 이끌었지."

이강호는 부총리를 지낸 신국현이 박근혜를 지지하고 있는지도 모른다고 생각했다. 슬그머니 화제를 바꾸었다.

"박정희 대통령과 막걸리도 마신 것으로 알고 있습니다. 5·16에 대해 언급하는 것을 들은 일이 있습니까?"

그는 대답하지 않고 묵묵히 저수지의 물결만 응시했다. 바람이 잔잔하여 물결이 일지 않았으나 찌는 움직이지 않고 있었다.

"나에게 궁금한 것이 무엇인가?"

"박정희 대통령이 미국의 음모로 시해되었다는 주장이 맞나 하는 점입니다."

그는 이강호의 얼굴을 쳐다보았다.

"그런 이야기는 처음 듣는군."

"핵무기 개발은 사실입니까?"

"신문에도 그렇게 나왔잖아?"

"그렇게 자세한 이야기는 나오지 않았습니다."

이강호와 이야기하고 있는 동안 그는 한 번도 낚싯대를 들어 올리지 못했다. 찌가 전혀 움직이지 않고 있었다. 이강호는 다시 화제를 바꾸었다.

"이번 대통령 선거에서 누구를 찍으시겠습니까?"

"대답할 수 없네."

그의 얼굴은 단호해 보였다. 이강호는 그에게서 더 이상 들을 수 없다고 판단하여 서울로 돌아올 채비를 했다. 그러나 그가 무엇인가 숨긴 채 이야기를 하지 않는 듯한 분위기를 느낄 수 있었다.

안성에서 양지IC로 들어서자 고속도로였다. 신갈까지는 비교적 차가 밀렸고 신갈에서 경부고속도로로 바꾸어 타자 날이 어두워지고 있었다.

"경부고속도로를 건설할 때 야당이 치열하게 반대했지. 그런데도 대통령은 강력하게 밀어붙였어. 지금은 포화 상태일 정도로 고속도로를 이용하는 차량이 많아. 국민들에게 인기만 얻으려고 했으면 고속도로를 건설하지 못했을 거야."

차를 운전하는데 아까 했던 신국현 부총리의 말이 뇌리에 떠올랐다.

"5·16을 혁명이라고 보십니까?"

"당시 모든 군인들이 혁명이라고 생각했어."

5·16 쿠데타가 발생하기 전 군부는 이미 술렁이고 있었다. 그들은 4·19 학생혁명으로 이승만의 자유당 정권이 무너지고 장면의 민주당 정부가 들어섰으나 여전히 혼란을 극복하지 못하고 있는 것을 보고 실망했다. 박정희나 육사 8기가 아니더라도 쿠데타가 일어났을 가능성이 높았다.

'박정희는 쿠데타가 아니라 혁명이라고 생각했어.'

5·16을 쿠데타라고 명명한 것은 법원이었다. 그러나 쿠데타나 혁명은 초법적인 사건이었다. 이강호는 법률적인 판단을 떠나 그들의

의식 세계를 들여다보고 싶었다.

안성에서 돌아온 후 열흘이 지났을 때 민주당 경선이 시작되었다. 민주당 경선은 예상대로 문재인이 1위를 달리기 시작했다. 그가 다른 후보들을 압도하면서 민주당 경선은 싱거워졌고 안철수의 지지율도 떨어져 후보 단일화를 할 것이라는 예측이 이루어지면서, 민주당은 대통령 후보를 내지 못할지도 모른다는 위기감에 빠지고 있었다.

'후보 단일화에서 문재인이 지면 민주당은 후보를 내지 못하는 것이 아닌가?'

이강호는 민주당이 걱정스러웠다. 그러나 지금은 문재인을 살펴볼 수밖에 없었다. 문재인은 매우 독특한 인물이었다. 그는 대학 시절 데모를 하다가 체포되어 유치장에 수감되었고, 그곳에서 사법고시에 합격했다는 통보를 받았다. 사법고시 합격 소식이 알려지자 경찰이 깍듯하게 대우하고 대학의 총장과 교수들이 유치장을 찾아와 축하해 주었다. 유치장에선 전례 없는 축하 소주 파티가 벌어졌다.

문재인은 그 후 노무현의 변호사 사무실에서 함께 일을 했고, 그때의 인연으로 노무현이 대통령에 당선되자 청와대에서 근무하기 시작하여 비서실장까지 지냈다. 노무현이 죽은 뒤 그는 《문재인의 운명》이라는 제목의 책을 냈고, 베스트셀러가 되면서 갑자기 주목받게 되었다. 문재인은 이후 텔레비전 프로 〈힐링 캠프〉에 출연하면서 유력한 대통령 후보로 거론되기 시작했다. 특히 민주통합당을 창당할 때 범노 세력을 규합하면서 민주당의 강력한 후보로 떠오른 것이다.

안철수는 문재인에게 껄끄러운 존재였다. 안철수가 후보 단일화에 나서지 않고 독자적으로 출마하면 대통령 선거는 3파전이 된 것이다. 후보 단일화에 나선다고 해도 지지율에서 그가 앞서고 있기 때문에 패할 가능성이 높았다.

안철수는 박근혜에게도 쉬운 상대가 아니었다. 지지율에서도 엎치락뒤치락하고 있었기 때문에 후보 단일화가 되어 안철수가 야당 후보로 나서면 박근혜가 패할 가능성이 있었다. 박근혜에게는 안철수와 문재인이 따로 출마해 야당 표를 갈랐을 때 가장 유리했다.

박근혜가 가장 곤혹스러운 것은 안철수와 문재인이 박정희를 걸고넘어지는 일이었다. 5·16을 쿠데타로 몰아가면서 유신체제 때의 가혹한 독재를 거론하면 대응하기가 쉽지 않기 때문이었다. 그러나 박정희를 좋아하는 국민들도 적지 않았다. 그 국민들을 어떻게 박근혜 지지로 이끌어 내느냐 하는 문제도 박근혜가 고심하고 있는 부분이었다.

'본격적으로 대선 게임이 시작되면 검증과 네거티브가 난무할 것이다.'

박정희는 박근혜의 후광이기도 하고 어두운 그림자이기도 했다. 이강호는 당시의 5·16 상황을 자세하게 알고 싶었다. 박정희가 쿠데타를 일으킬 때 그가 어떤 심정으로 거사를 했는지도 중요했다. 그때의 상황을 자세히 알려면 당시 거사에 참여했고, 가장 가까이에서 모신 사람을 찾아야 했다. 그러나 당시의 인물들은 대부분 죽어서 고인이 되어 있었다. 5·16은 벌써 50년이 지난 사건이다.

'핵무기는 어느 정도 개발이 된 것일까?'

이강호는 새누리당 후보인 박근혜를 취재하면서 핵무기에 대해 생각하는 일이 많아졌다. 무엇보다 박정희가 핵무기 개발 때문에 시해되었다는 자서전 내용이 자꾸 떠올랐다. 박정희와 브레진스키와의 면담도 사실 여부를 확인하고 싶었다. 이강호는 자신의 모교인 중앙대학교 대학원 신문방송학과 강의를 맡았던 노기자 이상훈 교수를 찾아갔다. 그는 신문사에서 편집국장을 거쳐 회장까지 역임했던 인물로 스포츠 신문에서는 미다스의 손으로 불렸었다. TK쪽 인물인데 그쪽에서는 상당한 인맥을 갖고 있었다. 2002년 경상북도 지사인 이유근이 대통령 선거에 출마할 뜻을 품고 그의 의향을 물은 일이 있었다.

"출마하지 마. 자네는 대중적 지지도가 너무 없어. 자네를 아는 사람은 경상북도 도민들뿐인데 어떻게 대통령 선거에 출마해?"

이상훈은 이유근의 출마 의향을 한마디로 일축했다. 그런 이상훈을 이강호는 월드컵공원에서 만났다. 그는 홈즈라는 개를 데리고 산책하고 있었다.

"그 문제라면 당시 통역관을 만나면 알 수 있겠지."

이상훈이 호숫가를 걸으면서 말했다.

"통역관이 아직 살아 있을까요?"

"모르지, 내가 한번 알아볼게."

그가 건성으로 대답하는 듯해 그다지 기대를 걸지 않았다. 그러나 몇 군데 전화를 하더니 씨익 웃었다.

"박근혜 캠프에 있다네. 이름은 이향자고……."

이강호는 벼락을 맞은 듯한 기분이었다. 이상훈과 헤어진 후 신문사로 돌아와 박근혜 캠프의 인물들을 조사하기 시작했다. 이향자는 50대 후반으로 박근혜 캠프에서 자원봉사를 하고 있었다. 박근혜와 우연히 마주칠 때마다 미소를 지었고 박근혜도 그녀에게 깍듯이 인사를 했다.

'청와대 출신 통역관이 왜 박근혜 캠프에서 자원봉사를 하는 것일까?'

이강호는 그 점이 의아했다. 박근혜를 취재하다가 조용할 때 그녀에게 접근했다.

"1977년에 청와대에서 통역관으로 활동하셨지요? 잠시 이야기 좀 할 수 있을까요?"

"무슨 일인데요? 저는 취재에 응하고 싶지 않아요."

이향자는 그를 경계하는 듯한 표정이었다. 이강호는 그녀와의 이야기를 절대로 기사화하지 않겠다는 조건으로 커피숍에서 대화를 나눌 수 있었다.

"왜 박근혜 캠프에서 자원봉사를 하시는 것입니까?"

"자원봉사를 하면 안 되나요?"

이향자가 반사적으로 퉁명스럽게 내뱉었다. 그녀는 키가 작고 아담한 체격이었다. 그러나 둥근 테의 안경이라든가 수수한 옷차림인데도 상당히 세련돼 보여 이지적인 여인이라는 사실을 알 수 있었다.

"그게 아니라 무엇인가 특별한 이유가 있습니까?"

"저는 대통령을 모셨어요. 30여 년 전 일이지만 자원봉사를 하는 일이 대통령을 돕는 거라고 생각해요. 박근혜 씨가 출마하면서 우리가 모시던 대통령에 대한 비난이 많아지고 있어요."

이향자는 아직도 박정희를 존경하고 있는 것 같았다.

"핵무기 개발에 대해서 알고 있습니까?"

"자세한 것은 몰라요."

"미국의 음모로 시해되었다는 주장에 대해서 어떻게 생각합니까?"

이향자는 대답을 하지 않고 망설였다. 이강호는 그녀가 무엇을 고민하는지 이해할 수 없었다.

"자세한 내막은 몰라요. 그렇지만 핵무기 때문에 미국의 압력을 받고 있었던 것은 사실이에요."

"언제 그런 일이 있었습니까?"

"카터가 대통령에 취임한 1977년부터죠."

이향자는 기억을 떠올리면서 이야기하기 시작했다.

'핵 문제가 사실이라는 말인가?'

이강호는 청와대에서 통역관으로 근무한 이향자에게서 중요한 정보를 들을 수 있었다. 그녀는 더듬거리면서 다음과 같은 이야기를 이강호에게 들려주었다.

* * *

1977년 4월 5일 오후 3시, 청와대 소접견실에서 박정희 대통령과 지미 카터 미국 대통령 안보 담당 특별 보좌관 브레진스키의 극비 회담이 열렸다. 날씨는 화창했다. 서울은 봄이 완연했고 소접견실의 넓은 창으로 내다보이는 뜰에는 백목련이 화사하게 피어 있었다. 아직 진달래나 개나리 같은 봄꽃들이 피지는 않았으나 햇살이 따뜻한 양지쪽으로는 벌써 파릇파릇한 새싹들이 돋아나고 있었다. 박정희 대통령은 담장 밑에서 어른거리는 검은 양복의 경호원들에게 묵묵히 눈길을 주고 있다가 다시 브레진스키를 응시했다. 대통령은 침묵을 지키고 있었다.

이향자는 통역을 하기 위해 그 자리에 임석했다.

브레진스키는 그 침묵에 몹시 곤혹스러워 보였다. 한국의 통치자, 이미 한국을 14년 동안이나 통치해 온 절대자인 그를 설득하는 것은 워싱턴을 출발할 때만 해도 간단한 일이라고 생각했었다. 그러나 그는 완고하고 타협을 모르는 인물이었다. 소접견실의 분위기는 냉랭했다. 대통령은 브레진스키를 경멸하는 눈빛으로 쏘아보고 있었다. 카터 미국 대통령의 정책 브레인들, 소위 조지아 사단의 가장 대표적인 인물인 브레진스키의 국제 정세를 보는 안목에 실망한 표정이 역력했다.

"대통령 각하. 카터 미국 대통령은 국민 1인에게 세금 50달러 되돌려 주기 정책을 선거 공약으로 내세워 대통령에 당선되었습니다. 카터 대통령은 국민들과 약속한 환불 정책을 지키기 위해서 한국에 주둔하고 있는 지상군 철수를 단행하지 않으면 안 됩니다."

그것은 미국 대통령 당선자인 지미 카터가 대통령 선거 유세 때 미국 국민에게 1인당 세금 50달러를 되돌려 주겠다고 내세웠던 공약을 말한다. 미국에서는 그것을 카터의 '환불 정책'이라고 불렀다. 그리고 그 환불 정책을 실현시키기 위해 카터의 정책 브레인들은 국방비의 과감한 삭감을 시도했다. 그 첫 단계가 한국에 주둔하는 미지상군의 완전한 철수였다. 그러나 미지상군 철수는 시작도 하기 전에 박정희 대통령의 강력한 반대에 부딪혔기 때문에 브레진스키가 설득을 하기 위해 극비리에 한국을 방문한 것이다.

이향자는 조심스럽게 브레진스키의 말을 통역했다.

"각하께서 협조해 주신다면 카터 대통령은 한미방위조약을 철저하게 지킬 것입니다."

대통령은 여전히 침묵을 지키고 있었다. 브레진스키는 대통령의 근엄한 얼굴을 바라보며 도무지 의중을 알 수 없는 인물이라고 생각했다. 반대파들을 무자비하게 탄압하는 독재자의 이미지가 그의 얼굴에서 엿보이긴 했으나 눈빛은 의외로 사려 깊고 고독해 보였다. 2년여 전 국민들로부터 사랑과 존경을 한 몸에 받던 영부인을 암살자의 총탄에 잃었기 때문일까. 대통령의 얼굴은 침통해 보이기까지 했다.

"대통령 각하, 각하의 의견을 말씀해 주십시오."

대통령은 최근 국내로부터 강력한 도전을 받고 있었다. 미국을 비롯한 서구 유럽의 인권 문제에 대한 비난, 해를 거듭할수록 격렬해지는 국내 지식인들과 종교인들, 그리고 학생들의 저항이 그것이었다. 대통령은 긴급 조치를 선포하고, 반대파들을 영장 없이 마구 체포하고 구금했으나 장기 집권을 반대하는 국민들의 열망은 식을 줄 몰랐다.

"미지상군의 철수는 한반도에서 힘의 공백 상태를 만들 것입니다. 우리는 그 사실을 수차례에 걸쳐 귀국에 주지시켜 왔소. 미지상군 철수는 반대요."

대통령이 마침내 싸늘한 음성으로 내뱉었다. 그는 브레진스키와 대좌하고 있는 것조차 불편한 기색이었다.

이향자는 대통령의 말을 브레진스키에게 전했다.

"카터 대통령의 미지상군 철수 정책은 확고한 것입니다."

이 문제는 단순한 미지상군 철수만을 뜻하는 것이 아니었다. 그것은 한국에 주둔하는 미지상군이 보유하고 있는 '전술핵 1500기'의 완전한 철수를 의미하는 것이었다.

"당신들도 라이샤워 교수와 같은 생각이오?"

미국 하버드대학의 라이샤워 교수는 얼마 전 일본에서 '한국이 적화되어도 일본은 염려 없다'라는 보고서를 발표한 일이 있었다. 미 국방 예산을 절감하기 위해서 미지상군이 한반도에서 철수하고 그 뒤에 북한의 김일성이 남침하여 한국이 적화되어도 일본은 아무 걱정이 없다는 요지의 내용이었다. 한국의 안보를 미국은 상관하지 않겠다는 노골적인 협박이었다.

"그것은 라이샤워 교수의 보고서에 지나지 않습니다."

"주일 미대사 맨스필드도 그런 발언을 하지 않았소?"

"맨스필드의 사견입니다. 맨스필드 자신도 사견이라고 해명했습니다."

"당신의 견해는 어떻소?"

"제 견해는 관계가 없습니다."

"당신은 안보 담당 특별보좌관이 아니오?"

"그렇습니다."

"미국 대통령 안보 담당 특별보좌관으로서 당신의 견해를 말해 보시오."

"대통령 각하, 제가 한국에 온 것은 미지상군 철수에 한국이 동의한다는 약속을 받으려고 온 것입니다. 미의회의 상하원 합동군사위원회가 미지상군 철수에 대해 한국 측의 동의를 요구하고 있습니다."

"나는 동의하지 않겠소."

대통령이 한마디로 잘라 말했다. 대통령의 이마에 힘줄이 불끈 솟고 있었다.

"대통령 각하, 각하께서 동의하지 않으셔도 미지상군은 철수할 겁니다."

"그렇다면 이 자리는 미지상군 철수를 통고하는 자리요?"

"대통령 각하의 협조를 부탁드립니다."

"협조? 미스터 브레진스키, 카터 대통령에게 전하시오! 당신들이 지상군 철수를 감행한다면 우리도 우리의 자주국방을 위해 비상 대책을 강구할 수밖에 없다고 말이오. 포드 때는 포기했지만 이제는 두 번 다시 포기하지 않겠소!"

대통령이 단호한 어조로 내뱉었다. 그는 화가 난 나머지 주먹까지 부르르 떨고 있었다.

"대통령 각하!"

브레진스키가 당황한 표정으로 더듬거렸다. 대통령이 언급한 비상 대책이란 제2차 핵무기 개발 계획을 말하는 것이었다. 한국은 이미 경상남도 양산군 장안면 고리에 원자력 발전소를 건설 중에 있었고 충남 온산에는 '농업개발연구소'라는 이름으로 위장을 한 핵물리 연구소까지 설치하여 과학자들을 대거 투입하고 있었다.

고리 원자력 발전소는 미국 웨스팅하우스사가 터빈 발전기를 제작하고 영국 잉글리시 이렉트사 및 조지 윔피사가 나머지를 분담하여 건설하고 있었다. 원자력 발전소가 가동되면 거기서 핵연료^{저농축 우라늄}를 태운 찌꺼기^{플루토늄 239}가 나오는데 이것을 고농축 시키면 핵무기의 원료가 되는 것이다.

"각하, 그것은 전술핵에 관한 것입니까?"

"말할 수 없소."

"대통령 각하, 분명하게 말씀해 주십시오."

"말할 수 없소. 우리도 자주국방을 이룩하여 미국의 핵우산으로부터 독립해야 한다는 것 외에는 아무것도 말할 수 없소!"

대통령의 얼굴에 냉소가 떠올랐다. 브레진스키는 잠시 생각에 잠겼다. 한국이 또다시 핵무기 개발을 시도한다면 골치 아픈 일이 아닐 수 없었다. 그가 모시고 있는 카터 대통령은 취임한 지 3개월밖에 되지 않았음에도 의회와 공화당으로부터 강력한 도전을 받고 있었다. 카터가 대통령에 입후보했을 때 내걸었던 '도덕 정치'의 슬로건이 오히려 그의 발목을 죄고 있었다. 그런데 한국이 핵무기 개발을 시도한다면 카터에게는 치명적인 상처가 될 것이 분명했다. 미국은 한국의 안보보다 일본의 안보를 더 중요시하고 있었다. 미국은 경제적으로 초강대국이 된 일본이 동북아시아의 군사 대국이 되기를 원하고 있었다.

"대통령 각하, 각하께서는 카터 대통령을 적으로 돌리려고 하십니까?"

"나는 카터 대통령을 적으로 돌릴 생각은 추호도 없소."

"그러나 각하께서 추구하고 계시는 비상 대책은 카터 대통령의 정책과 정면으로 배치됩니다."

"나는 우리 국민을 위해 자주국방을 하려는 것이오. 우리는 그동안 무수한 어려움 속에서 상당한 경제 발전을 이룩했소. 그러나 이 경제 발전도 북한에서 쏘는 미사일 한 방이면 잿더미로 변할 거요. 미스터 브레진스키, 당신네들도 연방 정부 재정 적자를 해소하기 위해 지상군 철수가 필요하듯 우리도 자주국방을 위해 비상 대책이 필요한 거요."

"대통령 각하, 북한은 남침하지 않습니다."

"그것은 아무도 보장하지 못하오."

"그러나 핵무기 개발을 시도하시면 미국은 각하에 대한 지지를 철회할 것입니다."

"지상군 철수부터 중지하시오."

"대통령 각하, 각하는 국내의 반대자들이 너무 많습니다. 미국이 각하에 대한 지지를 철회하면 각하의 정권은 버티기 어렵습니다."

그것은 노골적인 협박이고 위협이었다. 브레진스키는 대통령의

얼굴이 흙빛으로 변하는 것을 살피면서 마른침을 꿀꺽 삼켰다. 어차
피 한 번은 부딪쳐야 할 일이었다. 그렇지 않으면 이 조그만 나라의
오만한 대통령은 미국에 적대 행위를 계속할 것이다.

"미스터 브레진스키!"

대통령의 얼굴에 조소의 빛이 가득 떠올랐다.

"나를 반대하는 자들은 내가 영구 집권을 한다느니 총통이라느니
하면서 비난을 하고 있소. 나도 그 사실을 알고 있소. 그러나 나는 자
주국방만 이룩하면 언제든지 물러날 각오가 되어 있소. 내가 영남대
학교에 많은 투자를 하고 있는 까닭도 바로 그것이오."

이향자에게 그 말은 대통령이 은퇴한 뒤에 영남대학교에서 교수
로 봉직하겠다는 뜻으로 들렸다. 그러나 브레진스키는 조금도 관심
이 없어 보였다.

"미스터 브레진스키, 나는 미국이 두 가지 중에 하나를 선택하기
를 바라오. 하나는 지상군 철수를 중지하는 것이고, 또 하나는 우리
의 자주국방 계획을 방해하지 말아 달라는 것이오. 이상이오."

"각하!"

"미스터 브레진스키, 이제 그만 돌아가도록 하시오."

대통령이 결연한 어조로 말했다. 이향자는 통역을 하면서 가슴이
세차게 뛰는 것을 느꼈다. 브레진스키는 소파에서 천천히 일어났다.
눈앞의 대통령에게는 어떠한 설득도 먹혀 들어가지 않으리라는 사실
을 새삼스럽게 깨달았다. 이제 남은 방법은 하나였다. 대통령이 선택
을 요구한 두 가지 방법이 아니라 제3의 방법, 즉 지식인들과 종교인

들, 그리고 학생들로부터 격렬한 저항을 받고 있는 포스트 박을 권좌에서 밀어내는 것뿐이었다.

'램버트가 바빠지겠군.'

도널드 램버트는 미국 CIA 한국 책임자로 한국의 야당과 재야, 군부에까지 상당한 영향력을 행사하고 있었다.

"각하, 미국을 이빨 빠진 호랑이로 보지 마십시오."

브레진스키는 대통령에게 가볍게 목례를 하고 접견실을 걸어 나갔다.

이향자는 소접견실에 우두커니 앉아 있는 대통령을 응시했다. 대통령은 말없이 창밖을 내다보고 있었다. 브레진스키와의 극비 회담이 심기를 불편하게 한 것 같았다. 사실 극비 회담이라기보다 미국의 일방적인 통고였다. 미국은 한국에 주둔하는 지상군을 철군하려 하고 있었고 대통령은 자주국방을 위해 핵무기를 개발하려 하고 있었다. 그러나 핵무기 개발은 일본과 중국을 자극하기 때문에 미국이 반대하고 있었다. 핵무기를 개발한다면 그냥 있지 않겠다고 브레진스키는 대통령을 협박했다.

"결혼 안 하나?"

대통령이 고개도 돌리지 않고 입을 열었다.

"예?"

이향자는 뜻밖의 질문에 어리둥절하여 부동자세를 취했다.

"지난번에 선을 본다고 하지 않았나? 외무고시에 합격한 사람이라고 했지?"

"예."

이향자는 얼굴을 붉히면서 고개를 숙였다.

"내가 좀 알아봤는데 괜찮은 친구야. 나중에 외교관이 되어 대사관에 근무할 테니까 결혼해도 좋을 거야."

이향자는 선을 본 남자의 얼굴이 떠올랐다. 그 남자도 이향자가 마음에 든다며 계속 만날 것을 요청하고 있었다.

"우리 근혜 말이야. 시집 갈 생각이 없는 것 같아."

이향자는 대답을 하지 않았다. 대통령의 딸에 대해 언급할 수는 없는 일이었다.

"나이가 비슷하니까 내가 없을 때라도 잘 지내."

대통령이 이향자를 보고 손을 내저었다. 이향자는 고개를 숙이고 소접견실에서 물러나왔다. 대통령의 모습이 어딘지 모르게 고독해 보였다.

* * *

여기까지가 이향자가 이강호에게 들려준 이야기였다. 이강호는 이향자와 더 많은 이야기를 나누고 싶었으나 약속이 있다며 일어나는 바람에 다음을 기약했다. 그녀를 먼저 보내고 혼자 카페에 앉아서 생각에 잠겼다. 이향자가 청와대에 근무했다면 더 많은 내막을 알고 있을 것이다. 그는 진심으로 박정희를 존경했을까. 당시 시대적 분위기에 따라 대통령인 박정희를 존경하는 것은 당연한 일이다. 그러나 박정희가 시해된 뒤에 온갖 비난이 쏟아져 나왔는데도 그녀는 박근혜 캠프에서 자원봉사를 하고 있었다.

"대통령도 잘못이 있겠죠. 그분도 알고 있었어요. 그래서 '내 무덤에 침을 뱉어라' 라는 말씀도 했어요."

이향자는 박정희를 애국자로 보고 있었다.

내 무덤에 침을 뱉어라

　이강호는 이향자와 헤어져 집으로 돌아오면서 많은 생각에 잠겼다. 무엇보다 내 무덤에 침을 뱉으라는 말이 오랫동안 귓전에서 떠나지 않았다. 청와대 비서실에서 통역을 한 이향자의 말이 매우 인상적이었다. 그 말을 곰곰이 생각하면 상당히 비장한 말이었고 반체제 인사들이 자신을 반대하고 비난하는 것을 알고 있는 것이 분명했다. 그는 독재자란 말을 들으면서 경제 발전을 추진하고 자주국방을 실행하다가 죽었다. 박정희는 미군이 철수하여 한반도가 위험해질 것을 우려하여 핵개발을 추진한 것이다.

　"대통령은 농업개발연구소를 자주 찾아가서 과학자들을 격려했어요. 그들과 막걸리를 마시면서……."

　이강호는 이향자의 말을 떠올리고 박정희의 생각을 알려면 거사 당시 운전병을 찾아야 한다고 생각했다.

"당시 운전병을 찾을 수 있을까. 장군이었으니 수행한 부관도 있을 거고 당번병도 있을 거 아니야?"

이튿날 이강호는 사람을 잘 찾는 사립 탐정 박인구를 찾아갔다. 그는 스스로 사립 탐정이라고 했으나 실제로는 을지로에서 흥신소를 운영하는 사람이었다. 신문이나 〈벼룩시장〉 같은 곳에 가정 문제 상담 등의 광고를 내걸고 남녀 간의 불륜을 조사하는 일이 많았다. 그러나 오랫동안 그 일을 해왔기 때문에 사람을 찾는 일은 잘했다.

"그건 찾아서 뭐해?"

박인구가 회전의자에 앉아서 거드름을 피우며 반문했다. 몸이 비대한 그는 보기만 해도 더워 보였다.

"박정희의 진실을 알고 싶어서……."

"진실이 어디 있어?"

"그런 큰일을 하려면 뭔가 생각이 있었을 거 아니야? 거사를 하기 위해 비장한 각오를 했겠지. 어떤 생각을 했느냐에 따라 5·16이 다르게 평가될 수도 있어."

이강호는 핵문제에 대해서는 이야기하지 않았다.

"알았어. 신문사에서 돈을 내놓겠어? 이건 내가 공짜로 하는 일이네."

박인구는 탐탁지 않은 일거리라는 듯이 가볍게 말했다. 박인구는 한때 이강호가 다니는 신문사에서 사회부 기자를 한 일이 있었다. 이강호보다 다섯 살이나 많아 선배로 부르곤 했다. 박인구는 기대했던 것보다 빠르게 당시 운전병을 찾아냈다. 운전병의 이름은 조민철이었고 5·16 때 상병으로 박정희 소장의 운전병을 했다고 했다. 그는 현재 강원도 원주에서 아파트 경비원으로 일하고 있었다. 나이가 일흔이 넘었는데 경비원을 하고 있는 것이 놀라웠다. 몸이 바짝 마르고 키가 작은 노인이었다. 그는 자신이 박정희의 운전병을 했다는 사실을 말하고 싶어 하지 않았다. 그것은 이미 기억하기조차 어려운 오래전 일이라는 것이었다.

이강호는 그를 허름한 매운탕 집에서 만났다. 이강호를 만나지 않으려 하다가 매운탕 집으로 청하자 비로소 못 이기는 척 따라 나왔다. 그는 매운탕이 끓기도 전에 소주부터 두 잔을 마셨다.

"군대에서 운전병을 했으니 결혼하시기 전이었겠네요?"

이강호는 그에게 소주를 더 따르면서 물었다.

"그렇지, 그때는 지프차를 운전했어. 별판을 단 지프차였어."

조민철이 아득한 회상에 잠기면서 말했다.

"그런데 왜 나를 만나려고 한 거야?"

"당시 박정희 소장이 거사를 할 때 무슨 생각을 했는지 궁금하기 때문입니다."

"그게 왜 궁금해?"

"정말 국가와 민족을 위해서 거사를 한 것입니까?"

"난 그런 거 몰라. 난 운전병에 지나지 않았다고……."

조민철이 고개를 흔들면서 대답했다. 이강호는 조민철을 '잘못 찾아온 것이 아닌가' 하고 생각했다. 그의 말대로 그는 평범한 운전병에 지나지 않았는지도 몰랐다.

"얼마나 모셨습니까?"

"군대에서 2년…… 그리고 1974년 이후 5년을 모셨지."

조민철은 육영수 여사가 암살당한 뒤에 다시 청와대에 들어가 박정희를 모셨다고 했다. 그러므로 핵개발 문제를 알 수 있을 것이다.

"군대에서 모실 때 5·16이 일어난 것이군요."

이강호는 일단 5·16이 일어나기 직전 일을 물었다.

"그랬어, 내가 장군님을 모시고 한강을 건넜어."

조민철이 아득하게 생각에 잠기면서 말했다. 그의 말에서는 당시의 긴박했던 상황이 느껴졌다. 조민철의 얼굴에 붉게 취기가 올랐다.

"온산에도 자주 가셨습니까?"

온산에는 핵개발연구소가 있었다. 조민철의 얼굴이 갑자기 딱딱하게 굳어졌다. 그는 이강호를 우두커니 응시했다. 이강호의 입에서 온산연구소가 나오자 놀란 듯한 표정이었다.

"대통령이 어디인들 안 갔겠소?"

"제가 듣기에는 온산에 자주 갔다고 했습니다. 농업개발연구소가 있다고 하던데……."

"울산에 공단이 있으니까……."

"과학자들도 많았다고 하더군요."

"연구소니까 과학자들이 있는 것이 당연하지 않겠소?"

조민철은 심중에 있는 이야기를 꺼내려 하지 않았다. 그는 이강호를 경계하듯 두루뭉술하게 대답하고 있었다.

"핵개발을 했다고 하던데요? 핵개발을 한 것은 사실이 아닙니까?"

"나는 운전기사요. 운전기사가 무얼 알겠소?"

"박정희 대통령이 죽은 지 30년도 넘었지 않았습니까? 이젠 비밀을 털어놔도 상관이 없지 않습니까?"

"내가 무슨 비밀이 있겠소? 운전기사를 지나치게 과대평가하는 것 아니오. 나는 기자 양반이 생각하는 것처럼 대단한 사람이 아니오."

"비밀을 숨기고 죽는 것도 역사에 죄인이 되는 일입니다. 박정희 대통령은 '내 무덤에 침을 뱉어라' 라는 말을 자주 했다더군요. 이제는 밝힐 일이 있으면 밝혀야 하지 않습니까?"

"그랬지. 대학생들과 야당이 데모를 할 때 기분 나빠 하시면서 그런 말씀을 하셨소. 대통령 생가에 가 보았소?"

"가 보지 못했습니다."

"그럼 한번 가 보시오."

조민철이 퉁명스럽게 말했다. 조민철은 끝내 핵개발에 대한 이야기를 하지 않았다. 그는 사람들이 박정희에 대해 비판하는 것을 마땅치 않아 하고 있었다. 박정희의 운전기사를 오랫동안 했으니 충분히 그럴 수 있을 것이라 생각했다. 그런 그도 술에 취하자 횡설수설하기 시작했다. 그러나 박정희에 대한 이야기가 나오면 입을 다물었다.

조민철을 택시에 태워 보내고 집으로 돌아오면서 이강호는 많은 생각을 했다. 운전기사가 박정희에게 영향을 받았다면 딸인 박근혜도 영향을 받았을 것이다.

'박근혜는 왜 정치를 하게 된 것일까?'

이강호는 그 일을 이해할 수 없었다. 그녀는 어머니인 육영수가 저격당하고 아버지인 박정희가 시해당하는 일을 겪었다. 그것은 모두 박정희가 대통령을 하고 있을 때 일어난 일이었다. 부모가 모두 저격을 당했는데도 대통령에 출마하는 그녀의 심정을 이해할 수 없었다.

'그런데 L은 누굴까?'

박정희 자서전에는 특수요원 L을 미국에 파견하는 이야기가 기록되어 있었다.

* * *

나는 L을 가만히 쏘아보았다. 그가 어느 정도 조국에 충성할 수 있을지 궁금했다. 밖에는 비가 내리고 있었다. L을 만난 것은 온산 농업개발연구소에서였다. 운전기사 조민철을 시켜 서울에서 비밀리에 데리고 오게 한 것이다. 그는 연구소의 내 방에 앉아 있다가 벌떡 일어나서 경례를 바쳤다. 나는 그의 얼굴을 힐끗 살폈다. 세계 최고 첩보 기관인 이스라엘의 모사드에서 훈련을 받고 왔다고? 그는 보통의 키에 강인해 보이는 체격을 갖고 있었다.

"특수요원인가?"

나는 창문을 내다보면서 담배를 피워 물었다. 지만과 담배를 끊기로 약속했는데 최근에 오히려 담배가 늘어나고 있었다.

"예, 각하."

L이 부동자세로 대답했다.

"쉬어, 국가를 위해서 죽을 각오가 되어 있나?"

"예, 명령만 내려주십시오."

"북한에 넘어가 김일성을 저격할 수 있겠나?"

나는 단도직입적으로 질문을 던졌다. L의 얼굴이 딱딱하게 굳어졌다. 눈이 커지면서 당황한 기색이 역력했다.

"왜? 두려운가?"

"해야 한다면 하겠습니다."

"헌데 뭐가 두려워? 죽음이 두려운가?"

"두렵지 않습니다. 다만……."

"다만 뭐야?"

"제 가족을 국가에서 돌봐주었으면 합니다."

"그래, 젖먹이 아들이 있더군."

나는 L을 만나기 전에 그에 대해 철저하게 조사했다. 그에게는 부인이 있었고 낳은 지 한 달도 되지 않은 아들이 있었다. L은 국가가 부인과 아들을 돌봐주기를 바라는 것이다.

"김일성을 저격하라는 것은 농담이고…… M캡슐이 있어. 그걸 가져와야 돼."

"M캡슐이라고 하셨습니까?"

"핵무기 알지? 원자탄 말이야. 원자탄은 플루토늄만 있으면 제작이 쉬워. 그런데 이 농축 우라늄은 핵발전소에서 나와. 핵발전소에서 나온 이걸 재처리하여 농축 우라늄으로 만들지. 미국에서 핵재처리 시설 설계도가 유출되어 전 세계 첩보원들이 눈에 불을 켠 채 수중에 넣으려 하고 있어. 그걸 우리가 100만 달러에 사기로 했어."

나는 조금 착잡했다. M캡슐 유출 때문에 미국 CIA가 발칵 뒤집혀 있었다. M캡슐을 가져오다가 CIA에게 발각되면 죽음을 당한다. L은 목숨을 걸고 그 일을 해야 하는 것이다.

"각하, 이 일은 중정에서 해야 하지 않습니까?"

"중정 요원들은 CIA에 노출되어 있어."

"CIA와 대립해야 합니까?"

L이 긴장된 표정으로 물었다.

"CIA에 발각되면 죽음을 당하거나 고문을 당할 수도 있어. 그래도 나는 도와주지 못해. 오히려 자네를 모른다고 부인할 거야."

"각하."

"자네는 외롭게 죽게 될 거야."

"각하, 조국을 위해서라면 하겠습니다."

L은 망설이지 않고 대답했다. '조국을 위해서라면……' 나는 L의 말에 감동하여 그 손을 덥석 잡았다.

"고맙네."

"조국이 우리를 배신하지 않았으면 좋겠습니다."

"물론이네. 자네 가족은 내가 돌볼 것이네. 미국으로 떠나면 자네와 직통으로 연락을 취해야 하는데 누구와 연락을 하는 것이 좋겠는가?"

"저희 부서에 J가 있습니다."

"J? 그래. J를 민간인으로 위장시켜 청와대에 근무하게 하겠네. 나의 지시도 J를 통해 받도록 하게."

나는 L에게 J를 청와대로 보내라고 명을 내렸다.

* * *

이강호는 집으로 돌아오자 박정희의 자서전에 대해 깊이 생각했다. 박정희가 대학 노트에 쓴 육필 원고는 어디로 가고 컴퓨터로 입력한 A4 원고가 돌아다니는 것일까. L이 누구인지 그리고 민간인으로 위장시켰다는 J가 누구인지 전혀 알 수 없었다.

'박정희가 이들의 이름을 이니셜로 기록한 것은 신변을 보호해 주기 위해서일까?'

이강호는 내친김에 박정희의 생가를 방문하기로 했다. 박정희 생가를 보지 않고 그에 대해 이런저런 이야기를 하는 것은 옳지 않다고 생각했다.

이강호는 조민철을 만난 지 닷새가 지났을 때 구미 선산으로 박정희 생가를 찾아갔다. 선산은 대통령의 고향답지 않게 한적하고 조용했다. 선산은 원래 선산군이었으나 구미시와 통폐합이 되면서 구미시 선산읍이 되어 있었다. 구미시는 공단이 있어서 상당히 큰 도시였으나 선산읍은 구미시로 도시의 기능이 몰려가는 바람에 상대적으로 낙후돼 있는 편이었다.

'대통령의 생가가 이렇게 한적하다니……'

생가는 초가집이었다. 이강호는 유적지를 많이 돌아보았으나 대통령의 생가는 처음이었다. 이곳에서 박정희가 살았구나, 하는 생각을 하자 만감이 교차했다. 박정희는 가난한 시골 소년에서 만주군관학교 장교로, 대한민국 장군으로 5·16을 일으켜 대통령이 된 사람이다. 그는 일제 강점기에 태어났고 해방과 6·25를 겪었다. 좌익 활동을 하다가 사형 선고를 받기도 했고 목숨을 걸고 쿠데타를 일으켰다. 그러한 결정을 내리는 것은 쉬운 일이 아니었을 것이다.

생가에는 박정희가 농부들과 모내기를 하는 모습과 예복을 입은 박정희 부부의 초상이 걸려 있었다. 부부는 근엄한 표정을 하고 있었다.

이강호는 박정희의 생가를 보고 숙연한 느낌이 들었다. 박정희기념관이 세워진다는 말을 무수히 들었으나 아직까지 생가는 호젓하고 조촐했다. 한때 인근 지역의 대학생들이 몰려와 불을 지른 일도 있었으나 다시 단장되어 있었다. 다만 박근혜가 대통령 후보가 되었기 때문인지 참배객들이 끊임없이 찾아오고 있었다.

이강호는 박정희 생가를 살피고 돌아오면서 기분이 미묘했다. 한때 근엄함의 상징이었던 인물. 민주주의를 탄압한 독재자로, 경제 건설로 민족중흥을 이룩한 지도자로 평가가 상반되는 박정희의 내면을 들여다본 듯한 기분이었다.

박정희는 시골 소년이다. 시골 소년이 온갖 역경을 극복하고 한 나라의 대통령이 되었다. 그 대통령 자리는 영욕으로 가득했고 한국의 현대사나 다를 바 없었다.

"생가에 다녀왔습니다."

이강호는 구미 선산에서 돌아오면서 원주의 조민철을 다시 찾아 갔다.

"생가를 본 느낌이 어떻소?"

조민철이 비로소 이강호를 반가워했다.

"마음이 착잡했습니다."

"대통령을 만난 것 같지 않았소?"

"실은 그런 느낌이었습니다."

"봉하마을과 비교해서 어떻소?"

"초라한 것 같았습니다."

"그렇소? 우리는 오히려 생가에 가면 풍요로움을 느낄 수 있었는데……."

이강호는 조민철의 이야기를 곱씹어 보느라 깊은 생각에 잠겼다. 그는 왜 박정희의 생가에서 풍요로움을 느낀 것일까. 박정희가 우리에게 남긴 것은 독재의 잔영인가, 번영의 풍요로움인가.

"혹시 L이나 J에 대해서 알고 있습니까?"

"L과 J? 무슨 뚱딴지같은 말인가?"

"자서전에 그런 말들이 있습니다. 군인 신분이었던 것 같습니다. J는 특히 79년 하반기에 청와대에 들어온 것 같습니다."

"L과 J가 군인 신분이라……."

이강호는 조민철이 L과 J를 찾을 단서를 갖고 있을지 모른다고 생각했다.

"나는 운전기사를 지냈기 때문에 대통령과 가까이 지낸 분들을 모조리 알고 있소. 청와대 경내도 자유롭게 오갈 수 있었고…… 대통령은 비서진이나 부속실 사람을 자주 바꾸는 편이 아니오. 그런 자잘한 일에 신경도 쓰지 않고…… 그런데 하루는 총무처에서 파견 나왔다고 하면서 젊은 여자가 한 사람 왔소. 여자는 군인처럼 절도가 있었소. 그런데 특별히 하는 일은 없었소. 자신의 방에서 일을 하고 대통령이 그 방에 자주 들어가고는 했소. 그래서 청와대 사람들이 여자를 수상하게 생각했었소."

"그 여자의 이름을 알고 있습니까?"

"당시에는 이름을 몰랐는데 대통령께서 어느 날 통장 하나를 맡기셨소. 대통령께서 자신에게 이상이 생기면 그 여자에게 전달하라고 하셨소. 메모지가 있었는데 그 여자의 이름과 주소가 적혀 있었소. 주소는 기억하지 못하고 동네는 성북동이었소. 이름은 정미경이었소."

이강호는 J가 정미경이 틀림없다고 생각했다. 국방부 출입 기자를 통해 당시 군에 정미경이라는 사람이 있었는지 조사하자 국방부 정보국에 정미경 중위가 있었다고 했다. 그녀는 1979년에 중위로 복무하다가 장기 휴가를 냈고 80년에 복귀했다가 신군부 시절에 퇴역했다고 했다.

'J가 정미경이야.'

이강호는 박인구에게 정미경을 찾아 달라고 부탁했다. 박인구는 툴툴거리면서 기름값이라도 내놓으라고 했다. 이강호는 최소 경비를 지급하겠다고 말했다. 박인구는 사흘 만에 정미경의 주소와 전화번호를 알아내 이강호에게 건네주었다.

"정미경 씨 되십니까?"

이강호는 박인구와 헤어지자 정미경에게 전화를 걸었다.

"네, 그런데요?"

정미경이 낭랑한 목소리로 대답했다. 목소리에 군인 특유의 단호함이 묻어 있었다.

"저는 신문사 기자 이강호입니다. 1979년에 청와대에 파견 근무를 하신 일이 있지요?"

정미경은 숨을 죽인 채 대답하지 않았다. 이강호는 기다리는 시간이 길고 지루하게 느껴졌다.

"네."

"만나서 잠깐 이야기를 나누고 싶습니다. M캡슐에 대해 알고 계시지요?"

정미경이 다시 대답을 하지 않았다. 깜짝 놀라 숨을 삼키는 것 같았다.

"듣고 계십니까?"

"전 과거 이야기를 하고 싶지 않습니다. 앞으로 전화하지 말아 주세요."

정미경은 냉랭하게 말하고 전화를 끊었다. 이강호가 계속 전화를 걸었으나 받지 않았다. 박정희가 핵개발을 하려고 했던 것은 공개된 비밀이었다. 소문만 무성할 뿐 그 실체에 대해서는 알려져 있지 않았다. 그러나 자서전에 J와 L이라는 이니셜이 나오고 J가 당시 국방부 정보국 소속 정미경 중위라는 사실이 확인되어 자서전의 내용을 입증하고 있었다.

이강호는 서울로 돌아왔으나 정미경을 바로 찾아가지는 못했다. 대통령 선거 때문에 박근혜 후보도 따라다녀야 했고 민주당의 경선을 취재해 보도하느라 정신이 없었다. 그러다가 고향인 안동으로 벌초를 갔다가 서울로 돌아오는 길에 문득 생각나서 직접 찾아갔다. 정미경은 충주시 동양면에 살고 있었다. 정미경이 살고 있는 과수원 앞에는 아담한 카페도 하나 있었다. 이강호는 충주호가 한눈에 내려다보이는 카페에 앉아 정미경에게 전화를 걸어 시간을 내달라고 부탁했다. 그녀는 몇 번이나 거절하다가 카페로 나왔다.

"무슨 일이에요?"

정미경은 50대의 여인이었고 검은 드레스를 입고 있었다. 둥근 안경을 쓰고 있었는데 젊었을 때는 상당히 미인이었을 것 같았다.

"대통령 자서전에 L과 J라는 이니셜이 등장했습니다. J는 정미경 중위라고 확인했는데 L은 누구입니까?"

"이무영 소령의 약자일 거예요?"

"이무영 소령이오?"

"국방부 정보국 소속이었어요."

"그런데 왜 대통령 자서전에는 이니셜로 기록했을까요?"

"극비 작전이었어요. 그러니 그 작전에 투입된 요원들의 이름을 밝힐 수 없었죠. 이름이 알려지면 목숨이 위태로울 수 있으니까요. 이 내용 신문에 보도할 건가요? 보도한다면 이야기할 수 없어요."

"보도하지 않겠습니다. M캡슐에 대한 이야기를 듣고 싶습니다."

이강호는 정미경에게 정중하게 말했다.

"누구에게 들었어요?"

"대통령 운전기사에게 들었습니다. 박정희 대통령의 시해가 핵개발과 관련해서 미국이 저지른 것이라고 하더군요. 그 말이 사실인지 알고 싶습니다."

슬쩍 넘겨짚어 보았다.

"그분이 왜 그런 말을……?"

정미경은 당황한 기색이었다.

"모든 일을 과거에 묻어 버리면 안 됩니다. 역사는 기록되어야 하지 않습니까?"

"대통령 선거와 관련이 있나요?"

"아니요, 저는 진실을 알고 싶을 뿐입니다."

정미경은 천천히 커피를 마시기 시작했다. 이강호는 그녀가 커피를 마시고 입을 열 때까지 기다렸다. 그녀는 짧은 시간 동안 많은 고민을 하는 것 같았다.

"언젠가는 이야기할 기회가 올 거라고 생각했어요. 대통령이 왜 시해되었는지 국민들도 알아야 하죠. 그러나 내가 아무리 대통령이 어떻게 시해되었다고 해도 누가 믿겠어요? 또 보호해야 할 사람이 있었어요. 그 일이 공개되면 그분 목숨이 위태로울 수도 있었고요. 그런데 그분이 몇 달 전에 교통사고로 돌아가셨다는 연락을 받았어요. 교통사고도 의심스럽기는 하지만……."

"그분이란 누구를 말하는 것입니까?"

"이무영 소령이오. 대통령께서 지시한 작전은 제가 한 것이 아니라 이무영 소령이 수행했어요."

"이무영 소령이오?"

"네."

"이무영 소령은 그동안 어디에 있었습니까?"

"모르겠어요. 몇 년에 한 번씩 카드가 왔는데 그때마다 주소가 달랐어요."

"주소가 다르다고요?"

"미국 CIA에 쫓기는 것 같았어요. 어쩌면 이스라엘의 모사드도 쫓았을 거예요."

"왜 그들에게 쫓깁니까?"

"핵개발 때문이죠."

"이휘소 박사와 관련이 있습니까?"

"이휘소 박사는 이론물리학자예요. 핵물리학과는 전혀 상관이 없어요."

"그럼 핵개발이 누구와 관련이 있습니까?"

"캐나다에 있던 경원하 박사예요."

"경원하?"

"한국은 카터가 대통령에 당선되면서부터 핵무기 개발을 시도했어요. 외국에 나가 있는 많은 과학자들을 한국으로 유인하여 핵무기 개발에 박차를 가했죠. 거기엔 세계적 다국적 기업인인 이스라엘의 아이젠보고 씨도 개입했고요. 한국은 핵무기의 연료인 플루토늄 239

를 입수하거나 플루토늄 239를 생산할 핵연료 재처리 공장을 건설하는 것이 중요한 현안이었습니다. 결국 미국 내에 있는 많은 핵물리 과학자들이 한국으로 속속 귀국하기 시작하자 미국의 CIA와 DIA^{국방} ^{정보국}에서 이상하게 생각하기 시작했어요. 그들이 여행을 할 때면 요원들이 따라붙어 감시했고, 어디를 가도 VIP 못지않게 정중한 대우를 했어요. 전화를 도청하고, 서신을 감시하고, 교제하는 사람들을 미행했어요. 북한에서 경원하 박사를 데려갔기 때문이에요. 경원하 박사는 미국의 '로스알라모연구소'에서 핵폭탄 제조에 참여했고, 캐나다에서 대학 교수로 재직하다가 핵무기에 관련된 비밀 서류 수백 장을 가지고 북한으로 망명한 사람이에요. 한때 북한 영변핵연구소 소장을 지내기도 했어요."

이강호는 정미경의 말에 깜짝 놀랐다. 경원하에 대해서는 희미하게 들은 기억이 있었으나 자세하게 알지는 못했다.

"경원하는 어떤 사람입니까?"

"경원하는 북한에서 핵기술의 아버지라고 불리는 과학자예요. 평양에서 김일성종합대학 공과대학을 졸업하고 1·4 후퇴 때 대한민국으로 내려왔어요. 1951년부터 1956년까지 해군 교관 생활을 마친 후, 1965년경까지 춘천농과대학에서 수학과 통계학을 가르쳤지요. 1965년 브라질 상파울루대학교로 떠난 뒤, 캐나다 몬트리올에 있는 맥길대학교에서 구면파 폭발을 주제로 한 논문으로 박사학위를 땄어요. 이후 70년대에 북한으로 돌아간 뒤에 그곳에서 영변 핵원자로를 비롯한 핵개발 프로그램을 지휘하고 있었어요. 그래서 대통령께서 정보부를 굉장히 비난했어요. 경원하 박사 같은 사람을 왜 한국으로 데려오지 못하고 북한이 데려가게 했느냐고 호통을 쳤죠."

이강호는 정미경에게 당시 상황을 자세하게 말해 달라고 했다. 그녀는 아주 오래된 기억을 떠올리듯 이야기를 시작했다.

* * *

박정희 대통령은 우아한 마호가니 책상 앞에 상체를 바싹 내밀고 앉아 있었다. 그는 담뱃갑 포장지를 찢고 마지막 남은 담배를 입에 문 채 지포 라이터로 불을 붙였다. 집무실의 벽시계가 5시 30분을 가리키고 있었다. 그는 담배 연기를 폐부 깊숙이 빨아들였다가 길게 내뱉은 다음 책상 위 인터폰 버튼으로 손을 가져갔다.

"각하, 경호실입니다."

그의 둥글고 짤막한 손가락이 인터폰 버튼을 가볍게 누르자 기다리고 있었다는 듯 차지철 경호실장의 탁한 목소리가 들려왔다.

"끝나면 궁정동으로 가겠소."

그는 무뚝뚝하게 인터폰에 대고 말했다.

"준비하겠습니다, 각하."

"병기개발위원장도 부르시오."

"예, 각하."

경호실장의 목소리는 스타카토로 토막토막 끊어지고 있었다. 그는 인간미가 풍기지 않는 경호실장의 목소리가 귀에 거슬렸다. 그러나 지금은 그 목소리를 탓하고 있을 처지가 아니었다. 그는 푸르게 흩어지는 담배 연기 사이로 창밖을 물끄러미 응시했다. 오후 6시가 가까워지고 있었지만 길고 긴 여름날은 아직도 한낮이었다. 도심 어디쯤에서인지 이따금 차량의 경적음이 들려올 뿐 청와대는 물속처럼 조용히 가라앉아 있었다. 그는 책상 위의 보고서를 다시 들여다보았다. 가슴이 타는 것 같았다.

6월 22일 밤. 필라델피아 흑인 거주 지역 제3블록에 있는 아일린 젤스키의 아파트에서 M캡슐을 반출할 것으로 보이는 '브라운연구소'의 제이콥스 박사, 아일린 젤스키 양, 이라크 국방정보국의 압둘라 소령은 총격전 끝에 3명 모두 사망했고, CIA 요원인 샘 오스틴은 복부를 관통 당해 필라델피아 빈센트 병원으로 옮겨져 응급수술을 받았으나 이튿날 아침 10시 병원에서 사망했습니다. 필라델피아 지방 방송과 미국 3대 네트워크는 아일린 젤스키의 아파트에서 일어난 살인 사건이 '브라운연구소'의 비밀을 빼내려는 국제첩보전이라고 보고 있습니다. FBI와 CIA는 필라델피아 일원에 비상을 치고 국제 스파이들을 찾아내기 위해 혈안이 되어 있습니다. 다행스러운 것은 CIA나 FBI가 M캡슐에 대해서 전혀 눈치채지 못하고 있으며 아직 M캡슐을 발견하지 못한 것 같습니다. 현재 아일린 젤스키의 아파트는 FBI가 철통같이 경비하고 있어 우리 요원들이 잠입하여 M캡슐을 회수할 수는 없습니다. 각하, 중앙정보부에도 알려지지 않은 유능한 정보원을 시급히 지원해 주시기 바랍니다. M캡슐은 우리가 확보할 수 있을 것 같습니다. 각하, 도청에 주의하십시오. 워싱턴의 한국대사관은 도청을 당하고 있습니다. 중앙정보부도 믿을 수 없습니다.

주미대사 김현식의 보고서였다.

'중앙정보부가 미국에 이용되고 있나?'

대통령은 소름이 끼치는 듯했다. M캡슐은 핵연료 재처리 공장의 설계도와 시공 사양서를 마이크로필름으로 찍어 '브라운연구소'에서 반출한 것을 뜻하는 것으로 100만 달러라는 거액을 주고 사려 했으나 중간에서 사고가 터진 것이다. 선금으로 주었던 20만 달러도 날아간 상태였다. 그 작전은 주미대사관 박천수 무관에게 전화가 와서 시작된 것이다. '브라운연구소'의 제이콥스 박사는 M캡슐을 반출하여 한국에 팔려다가 살해된 것이다. 그렇다면 M캡슐은 어디로 사라진 것인가. M캡슐을 반드시 찾아야 했다.

그는 다시 인터폰을 눌렀다.

"각하, 비서실입니다."

이번엔 비서실장의 낮고 조용한 목소리가 인터폰을 통해 들려왔다. 4성 장군답지 않게 목소리가 낮고 조용한 사람이었다.

"들어오시오."

그는 담배 연기를 길게 내뱉고 말했다. 청와대의 뜰은 인적 하나 없이 조용했다. 담 쪽의 잘 가꾸어진 수목이나 푸른 잔디 위에도 희디흰 햇살만 난무할 뿐 인적이라곤 그림자도 찾아볼 수 없었다.

"각하, 부르셨습니까?"

김계원 실장이 집무실 도어를 열고 들어와 공손히 머리를 숙였다. 그는 잠자코 고개를 끄덕거렸다. 가까이 오라는 뜻이었다. 김 실장은 조심스럽게 대통령 앞으로 다가갔다.

"서 특보에게 유능한 첩보원을 한 사람 차출해서 나에게 데려오라고 하시오."

"첩보원이라면 아무래도 중정에서……."

김 실장이 조심스러운 목소리로 말했다. 중정이란 중앙정보부를 말하는 것이었다.

"중정은 안 돼."

"그럼 첩보사령부가 어떨까요?"

"첩보사령부도 안 돼. 얼굴이 전혀 알려지지 않은 사람이라야 해. 영어에도 능통해야 하고…… 서 특보라면 그런 사람을 찾을 수 있을 거야."

서종원 대통령 안보 담당 특별보좌관은 국방부 정보국장을 역임해 중정 못지않게 정보에 밝았다. 대통령이 서 특보에게 그런 임무를 맡기는 것은 뭔가 긴밀한 일을 추진하고 있는 것이라고 비서실장은 생각했다.

"김 실장."

"예, 각하."

"김 실장, 내가 77년부터 제2차 핵무기 개발을 시도하고 있다는 것을 CIA에서 알고 있겠지?"

"예, 어렴풋이……."

"그렇군, 내가 극비리에 추진하고 있는데도 CIA가 알고 있었어."

대통령이 한탄 비슷하게 중얼거렸다. 미국은 이제 노골적으로 그의 핵무기 개발을 비난하며 대통령직에서 물러나라고 요구하고 있었다.

"CIA 조직은 광범위합니다."

"그 말은 우리 정부에도 CIA 요원이 숨어 있다는 뜻인가?"

"예, 각하."

"하긴 어디 정부뿐이겠소? 그들은 청와대에도 프락치를 심어 놓은 것 같소."

"청와대까지요?"

"그리고 도청까지 하는 것 같소."

대통령이 침통한 표정으로 내뱉었다. 도청이라면 일반적으로 전화 도청을 의미한다. 그러나 현대 첩보전에서의 도청은 인공위성이나 전자 도청기까지 동원되고 있었다.

"그럼 중정을 시켜 조사를 하는 것이 어떻습니까?"

"중정엔 그런 전문가가 없소."

인공위성을 통한 도청은 중정에서도 방지할 수 없는 것이다. 한국의 과학기술은 아직도 걸음마 단계에 있었다. 김 실장도 그 점을 실감했다.

"그럼 첩자라도 색출해내야 하지 않습니까?"

"첩자를 어떻게 색출한단 말이오?"

"그 정도는 중정에서 할 수 있으리라 생각됩니다."

"그렇지 않소."

대통령이 씁쓸하게 웃으며 고개를 흔들었다. 대통령은 중정까지도 믿지 않는 것 같았다. 일반적인 정치 사찰이나 안보에 대한 정보 활동은 중정의 고유 임무였다. 그리고 그 부분에 있어서는 중정도 최근까지 괄목할 만한 성과를 내고 있었다. 그러나 미국이나 CIA에 대한 것이라면 중정도 그다지 손을 쓰지 못했다.

"그럼 국방부 정보국은 어떻습니까?"

"국방부 정보국?"

"국방부 정보국에는 모사드에서 교육받은 장교들도 꽤 있습니다."

"유능한 사람이 있소?"

"예."

"그럼 불러오시오."

"예."

김 실장은 공손히 허리를 숙이고 집무실을 나갔다. 대통령은 집무실 담당 여직원에게 담배를 가져오라고 지시한 뒤 한 손으로 이마를 짚었다. 머리가 지끈거렸다. 필라델피아 흑인 거주 지역에 있는 M캡슐을 감쪽같이 가져와야 하는데 그것이 용이하지 않았다. 여직원이 가져온 담배의 포장을 뜯고 한 개비를 꺼내 입에 물었다. 카터 행정부의 노골적인 내정 간섭과 국회의원 총선거에서 여당보다 득표율이 1.1퍼센트 앞선 야당 신민당의 정치 공세가 6월부터 계속되고 있었다. 5월 30일 전당대회에서 선명 야당을 내세워 중도 통합론의 이철승 의원을 누르고 총재에 당선된 김영삼 총재가 파상적인 정치 공세를 펴고 있었다. 여기에 종교계까지 가세하고 있는 것이다. 가톨릭 안동교구에서 발생한 오원춘 사건 때문에 가톨릭 측으로부터 맹렬한 비난을 받고 있었다. 인천의 동일방직에서는 여성 노동자들이 쟁의를 진압하는 경찰에게 오물을 투척하기까지 했다. 도시산업선교회와 가톨릭 노동청년회의 움직임도 심상치 않았다. 미국은 그의 임기 후반이 되면 쿠데타가 일어날지도 모른다는 경고를 계속해 오고 있었다. 그것은 군부의 젊은 장교들에게 마치 쿠데타를 일으키라고 부추기는 메시지 같기도 했다. 그는 낮게 한숨을 내쉬었다. 그는 야당과 반체제 인사에 대한 탄압을 계속하는 것은 어쩔 수 없는 일이라고 생각했다. 그는 임기 중에 핵무기 개발을 완료하고 싶었다. 그러나 미국의 강력한 반대에 부딪히고 있는데다 국내 정세까지 혼란했다. 긴급 조치 9호를 발동했는데도 지식인, 언론인, 문인, 종교인, 대학생 등 그의 반대자들은 지칠 줄 모르고 항쟁을 계속하고 있었다.

'내가 정치 감각이 무디어진 것인가?'

반대자들에게는 적당한 매도 주고 당근도 주어야 했다. 그런데 그것이 안 되고 있었다. 정보 부재 탓이었다. 미국이나 서구 유럽에서도 끈질기게 구속자들을 석방하고 긴급 조치 9호를 해제하라고 촉구하고 있었다.

'참신한 인사들을 등용해야 할 텐데…….'

정보가 부족하다는 것은 그를 둘러싸고 있는 청와대 직원들이나 내각에 인물이 없다는 뜻이었다. 전면적인 개각이 필요한 시기라고 생각되었다. 내각뿐 아니라 당 쪽에도 개편이 필요했다. 당이나 유정

회 쪽에도 국민들에게 신선함을 줄 만한 인물이 부족했다.

'어쨌든 마이크로필름을 먼저 가져와야 해.'

대통령은 그렇게 생각했다. 핵무기를 개발하는 데는 몇 가지 단계가 있었다. 제일 먼저 원자력 발전소의 건설이 필수적이고 원자력 발전소의 핵연료로 쓰이는 우라늄 저농축 공장이 필요했다. 다음 단계는 원자력 발전소에서 사용한 핵연료 찌꺼기를 플루토늄 239로 농축하는 공장이 필요한 것이다. 플루토늄 239에 뇌관만 설치하면 그것이 바로 가공할 핵무기 원자탄이었다. 핵무기 제조 공정에 있어서 가장 어렵고 막대한 시설비가 드는 것이 핵연료 재처리 공장이었다. 미 웨스팅하우스사의 브라운연구소에서 근무하는 제이콥스 박사가 그 설계도와 시공 사양서를 마이크로필름에 담아 반출하려는 음모가 CIA 요원 샘 오스틴에게 적발되었고, 샘 오스틴도 그것을 탈취하여 한국에 팔려다가 의문의 총격전에 휘말려 살해되었던 것이다.

'유능한 첩보원이 필요해.'

그는 입에 문 담배에 지포 라이터로 불을 붙여 담배 연기를 길게 내뿜었다. 정보가 국가 경영에 이토록 지대한 영향을 미친다는 사실을 지금에야 알게 된 것이 못내 후회스러웠다.

"각하, 정보부장의 긴급 보고입니다."

그때 인터폰에서 경호실장의 탁한 목소리가 들려왔다.

"전화야?"

"예."

"이쪽으로 돌리시오!"

"예, 각하."

그는 책상 위의 수화기를 들었다. 그러자 우직한 중앙정보부장 김재규의 목소리가 수화기를 타고 들려왔다.

"각하, 정보부장입니다."

"무슨 일이오?"

"온산연구소에 침입한 CIA 요원들을 미국대사관에서 석방해 달라고 합니다."

온산연구소는 온산에 있는 '농업개발연구소'를 말하는 것으로 핵무기 연구가 그곳에서 진행되고 있었다. 그런데 사흘 전 경비병들이 관광객으로 위장한 한국인 2명을 체포했는데 조사 결과 그들은 CIA 요원들로서 미국 영주권을 갖고 있는 교포들이었다.

"누구야?"

"도널드 램버트라고 CIA 한국 책임자입니다."

"그놈들은 우리 영역을 침입했어. 단단히 조사를 해서 재판에 회부하시오!"

미국의 요구가 있다고 해서 석방한다는 것은 말도 안 되는 일이었다. 놈들은 한국의 국가 기밀을 탐지하려 한 1급 스파이들인 것이다.

"각하, 그러나⋯⋯."

"뭐요?"

"그들을 석방하지 않으면 미국에 있는 우리 요원들이 모조리 소탕됩니다. 놈들은 대단한 작자들이 못 되니⋯⋯."

대통령은 얼굴을 잔뜩 찌푸렸다. '이 친구가 미국에 또 관대하게 나오는군' 하고 속으로 생각했다. 그러나 정보부장의 말대로 놈들을 석방하지 않으면 미국에 파견되어 있는 우리 요원들이 모조리 소탕될 가능성이 있었다. 전에도 그런 일이 한 번 있었다. 미국의 요구를 들어주지 않자 그들은 보복이라도 하듯 미국에 있는 중앙정보부 요원들을 체포하여 한국으로 추방했던 것이다. 또 그렇게 당할 수는 없었다. 게다가 필라델피아에서 마이크로필름을 찾아와야 하는 중요한 시기다.

"석방하시오."

그는 무뚝뚝하게 내뱉었다.

"알겠습니다, 각하."

찰칵 하고 전화가 끊겼다. 대통령은 수화기를 내려놓다 말고 아차 하는 표정을 지었다. 다시 인터폰을 눌렀다.

"정보부장에게 연결하시오."

그는 비상 전화가 연결되는 동안 안락의자에 걸터앉았다. 이내 정보부장이 다시 전화를 받았다.

"놈들을 석방한 뒤에 감시하시오."

"예?"

정보부장의 목소리에 의혹이 잔뜩 실렸다.

"CIA 한국 책임자가 도널드 램버트라고 그랬지?"

"예, 도널드 램버트입니다."

"도널드 램버트도 철저하게 감시하시오. 미행, 도청…… 수단 방법을 가리지 마시오!"

"예."

"도널드 램버트가 접촉하는 한국인들도 체크해서 보고하시오. 특히 도널드 램버트가 접촉하는 정치인과 군부의 장교들은 모조리 뒷조사를 해서 나에게 보고하시오!"

"예, 각하!"

"임자! 알아들었소?"

"예, 각하!"

정보부장이 석연치 않은 기색으로 대구를 했다. 그러나 그는 아무 설명도 하지 않고 전화를 끊었다. 최근에 미국대사관의 글라이스틴 대사와 CIA 책임자인 도널드 램버트가 한국 군부의 고위 장성들과 잦은 접촉을 갖고 있다는 정보가 들어오고 있었다. 거기엔 그가 알지 못하는 어떤 음모가 도사리고 있는 것이 분명했다.

대통령은 피우던 담배를 재떨이에 비벼 끄고 창가로 걸어갔다. 해가 서서히 기울고 있었다.

* * *

이강호는 정미경의 이야기를 들으면서 첩보전이 긴박하게 전개되고 있었다는 사실에 놀랐다. 박정희 시절 미국은 한국을 철저하게 감시했다. 박정희는 인도가 핵실험에 성공하자 곧바로 한국도 핵무기를 생산해야 한다고 생각하고 이를 비밀리에 추진했다. 핵무기 제조는 사실상 간단했다. 그러나 핵무기 제조에 사용되는 플루토늄을 제조하는 핵재처리 시설이 문제였다. 핵재처리 시설은 원자력 발전소가 있어야 했다. 미국은 한국을 도청하면서 재^再자가 들어가는 단어는 모두 감시했다.

"그럼 그때 이무영 소령이 박정희 대통령에 의해 미국에 파견되었습니까?"

"네, 이무영 소령은 모사드에서 교육을 받았고, 한국에서 가장 유능한 첩보원이라고 할 수 있었죠."

"정미경 씨는 어떤 역할을 했습니까?"

"이무영 소령은 미국으로 파견되었고 전 한국에서 대통령의 지시를 받으면서 이무영 소령을 지원했어요."

"대통령은 왜 그렇게 핵무기에 집착을 했습니까?"

"핵무기는 전쟁 억제력을 갖고 있어요. 자주국방에 대해 아세요?"

정미경의 돌연한 질문에 이강호는 당황했다. 자주국방이란 무엇인가. 그것은 스스로 나라를 지키는 것이 아닌가.

"보통 사람들은 자주국방을 그냥 개념으로만 이해하죠. 지금 자주국방에 대해 말하는 젊은이들을 보셨어요?"

"아니오."

"정치인들 중에 자주국방을 이야기하는 사람을 봤나요? 정치인들도 그런데 일반인들은 어떻겠어요? 우리나라는 해군 기지도 못 만들어요. 환경을 보호하기 위해서라는데…… 북한은 둘째치고 일본이나 중국과 무력 충돌이 일어나면 어떻게 하겠어요? 그 사람들도 어떤 위치에 서면 달리 생각하겠지만……."

"어떤 위치요?"

"어떤 위치에 있게 되면 자주국방은 목숨이 돼요."

"대통령이 자주국방을 목숨처럼 생각했다는 말입니까?"

"네."

"이무영 소령과 정미경 씨에게는 자주국방이 무엇이었습니까?"

"우리에게는 조국이었어요."

정미경의 눈가가 촉촉하게 젖어오기 시작했다. 이강호는 그녀의 조국이라는 말에 가슴이 뻐근해져 왔다. 조국이라는 말이 그렇게 신선하고 감동적으로 들린 것은 처음이었다.

* * *

6월 24일 주한 이스라엘 대사 아이작 비숍은 자신의 전용차로 공항으로 되돌아가며 깊은 생각에 잠겼다. 날이 어두컴컴했다. 빗발이 추적대고 있지는 않았으나 잿빛 구름 덩어리들이 빌딩들 위로 나지막하게 내려앉고 있었다. 한국인들이 장마라고 부르는 우기가 닥쳐온 것이다. 서울을 병풍처럼 둘러싸고 있는 아름다운 산들과 거리의 가로수들도 물기에 젖은 비바람 때문에 검푸르게 살랑대고 있었다. 한 차례 장대비가 쏟아질 것 같은 기세였다. 그러나 그는 지금 서울의 우기를 걱정하고 있을 때가 아니라는 생각을 했다. 그는 조금 전 비원에서 한국의 박정희 대통령을 만나고 일본으로 돌아가는 길이었다. 비원은 박정희 대통령이 좋아하는 고궁이었다. 그는 오전까지 도

쿄의 주일 이스라엘 대사관에서 정상적인 대사 업무를 보고 있었다. 그러나 주일 대사관으로부터 비밀리에 연락을 받고 KAL기편으로 부랴부랴 한국으로 날아와 그들이 '포스트 박'이라고 부르는 박정희 대통령을 만나고 돌아가는 길인 것이다.

'이건 도박이야.'

한국의 포스트 박은 1979년이 되자 국내외적으로 곤경에 처했다. 1972년 10월, 비상계엄을 선포하여 총통제, 또는 영구 집권 음모라는 유신헌법을 만든 뒤부터 국민들의 거센 저항을 받기 시작하더니 급기야 미국으로부터도 비난을 받고 있었다.

게다가 야당까지 전에 없이 강해져 있었다. 긴급 조치라는 서슬이 퍼런 칼을 휘두르는데도 야당이 강력하게 정권 타도를 외치는 그 이면에는 어딘지 모르게 미국이 한국의 야당을 부추기고 있는 인상이 강했다. 어쩌면 미국은 이미 포스트 박의 제거 공작을 개시하고 있는지도 몰랐다.

'그러나 우리가 손해 볼 일은 없지 않은가?'

미군이 철수하면 한국에 자주국방이 필요하듯 이스라엘도 아랍 민족 한가운데서 살아남으려면 핵무기가 필요했다. 언제까지나 미국의 보호를 받으며 아랍 민족과 전쟁을 할 수는 없었다. 포스트 박의 계획은 이스라엘 비밀 첩보부의 협조를 얻어 필라델피아에 감춰져 있는 M캡슐을 손에 넣고 무기 관련 정보를 이스라엘과 공유하는 것이었다. 이스라엘로서는 결코 손해되지 않는 거래였다.

'어쨌든 이 일은 본국에 알려야 해.'

그는 차창에 묻어나기 시작하는 빗방울을 내다보면서 굳게 결심을 했다.

이스라엘 수상은 집무실로 출근하자 곧바로 텔아비브의 이스라엘 비밀 첩보부장 아후메스 스마니에를 호출했다. 그는 이스라엘 내각 수반으로서 중대한 결정을 내려야 할 처지에 있었다. 주한 이스라엘 대사 아이작 비숍(그는 주일 이스라엘 대사를 겸임하고 있었다)이 긴급으로 보내온 암호 전문은 이스라엘의 자주국방 문제를 일거에 해결할 수 있는 엄청난 것이었다. 물론 M캡슐에 들어 있는 마이크로필름만으로 핵무기를 단숨에 제조할 수는 없을 것이지만, 핵무기를 개발하는 시간과 경비를 상당 기간 단축할 수 있는 것이었다.

"어떻게 생각하나, 스마니에?"

그는 졸린 표정으로 앉아 있는 스마니에에게 대답을 요구했다. 스마니에가 자신의 말을 제대로 듣고 있었는지 의심스러웠으나 스마니에가 전 세계 첩보원들 중에 가장 우수한 첩보원의 한 사람이라는 것은 의심할 여지가 없는 일이었다.

"한국이 왜 우리에게 공동 작전을 요구하는지 이해할 수가 없습니다."

"비숍 대사의 얘기로는 한국 중앙정보부의 해외 공작이 서투르기 때문이라는 거야. 해외 공작이 완벽하지 않으면 미국이 포스트 박을 제거할지도 모른다는 거지. 자네 미국이 53년에 이란에서 저지른 사건을 기억하나? 포스트 박은 그걸 우려하고 있는 거야."

1953년에 미국이 이란에서 저지른 사건이란 미국 CIA가 이란의 모사데크 정권을 전복시키려고 팔레비 왕조를 복귀시킨 사태를 말하는 것이다. 1951년, 이란의 민족주의자인 모사데크는 영국과 미국의 합작회사인 '앵글로 이란석유회사'가 이란의 석유 자원을 마음대로 주무르는 것에 불만을 품고, 팔레비가 왕비를 데리고 로마로 관광 여행을 떠난 틈을 타 정권을 접수하고 석유 회사를 국유화시켰었다. 이에 이란 주재 CIA 책임자인 '커미르'가 공작을 꾸며 군중들과 일부 군인들을 조종해 모사데크 정권을 전복시키고 미국에 망명했던 팔레비 국왕을 복귀시켰던 것이다. 미국의 이익을 위해서 CIA가 제3세계의 민족주의 정권을 전복시킨 대표적인 예였다. 데모나 군부 쿠데타를 조종해 미국이 제3세계의 정권을 전복시켜 온 것은 이미 공공연한 비밀이었다. 그런 까닭으로 세계의 유수한 첩보 학교와 미국의 CIA는 '시위촉진법'이라든가 '시위대 조종법' 같은 것을 정규 과목에 넣어 훈련시키고 있었다.

　　"우리 모사드가 해볼 만한 일이 아닌가? 이 일은 우리에게도 막대한 이익이 돌아오네."

　　"각하의 지시라면 하겠습니다."

　　"아니 우리 이스라엘의 이익을 생각해야 하네. M캡슐이 우리 손에 들어오면 우리의 국방이 확고해지는 것은 틀림없는 사실이야. 이미 우리 이스라엘은 핵무기개발위원회를 설립해서 독자적으로 연구를 하고 있지 않나? M캡슐이 우리 손에 들어온다면 그 기간이 상당히 앞당겨지네."

"알겠습니다, 각하!"

"포스트 박이 축출되기 전에 해야 하네."

"명심하겠습니다."

스마니에는 소파에서 벌떡 일어나 부동자세를 취했다.

"돌아가도 좋아."

그는 스마니에를 향해 손을 내저었다. 이제 이 사실을 주일대사 겸 주한 이스라엘 대사인 아이작 비숍에게 통보해야 했다. 스마니에는 믿을 만한 인물이었다. 그는 이스라엘 비밀 첩보부 모사드를 창설하고 1950년부터 1960까지 모사드를 이끌며 세계 최고의 첩보 기관으로 끌어올린 이세르 하렐의 직속 부하였다. 이세르 하렐은 은퇴한 지 오래되었지만 나치 전범 아이히만 소령을 20년 동안이나 추적하여 체포하고, 아르헨티나의 부에노스아이레스에서 이스라엘 수도 텔아비브까지 호송하여 전 세계를 경악시킨 전설적인 인물이었다. 스마니에도 이세르 하렐 못지않은 화려한 경력을 가지고 있었다. 그는 1969년 12월 24일 특공대를 이끌고 프랑스 세브르 항구에 정박 중인 포함 5척을 탈취하여 3,000마일이나 되는 지중해를 돌아서 이스라엘의 하이파 항구까지 끌고 온 일도 있었고, 이스라엘에서 홍해를 건너 이집트의 미사일 기지에 잠입, 소련제 샘 미사일을 헬리콥터로 유유히 실어 오는 등 그의 첩보 능력은 상상을 불허할 정도였다. 다만 그가 은퇴할 나이인 57세가 되었다는 게 문제였다.

* * *

정미경의 이야기를 듣는 동안 비가 내리기 시작했다. 금년에는 가을에 유난히 비가 많이 내리고 있었다. 정미경은 처음에 핵무기 개발에 대해 좀처럼 입을 열려 하지 않았으나 한번 입을 열자 쉬지 않고 이야기를 했다. 이미 30여 년 전의 일이었다. 날이 어두워지고 있었기 때문에 자리를 옮겨 저녁식사를 하면서 이야기를 계속했다.

이무영 소령은 이스라엘 비밀 첩보부 요원 샤론 데닝스와 협조하여 치열한 첩보전을 전개했다. 이스라엘이나 한국 모두 자주국방이 최고의 국가 과제였다.

"미국은 핵확산을 방지하기 위해 반대가 심했어요."

"그런데도 첩보전을 전개했군요. 이무영 소령이 미국에서 M캡슐을 입수했습니까?"

"네, 이스라엘과 협조하여 목숨을 걸고 입수했어요. 원래 계획은 워싱턴에서 대사관을 통해 한국에 가져오려고 했어요. 그런데 미국의 감시가 아주 심했어요. 할 수 없이 이무영 소령은 미국 첩보 기관을 따돌리기 위해 워싱턴으로 가는 체하면서 멕시코로 가서는, 멕시코대사관을 통해 한국으로 가져왔어요. 미국은 경악했죠."

"그래도 결국 한국으로 가져왔군요."

"서울은 그때 상황이 더 악화되었어요. 부마사태가 일어나고 계엄령이 선포되었어요. 그리고 대통령이 궁정동 안가에서 시해되었죠."

"그럼 M캡슐은 어떻게 되었습니까?"

"미국은 이스라엘에 압력을 넣어 샤론 데닝스로부터 한국을 배신하도록 만들었어요. 그 대가로 한국에 들어온 M캡슐을 이스라엘에 넘겨주었죠. 핵무기를 개발하지 않는다는 조건으로 신군부를 인정하고…… 신군부는 이무영 소령을 체포했어요."

"왜 체포했습니까?"

"미국에 인정을 받아야 했으니까요. 그후 첩보사령부에서 고문까지 당했어요. 5공화국이 되면서는 정신병원에 보내졌고요."

"조국을 위해 모든 일을 수행했는데 고문하고 정신병원에 보냅니까?"

"원래는 살해할 계획이었어요. 재판도 없고…… 흔적도 없이……
그런데 첩보사령부 장교들이 반발했어요. 국가를 위해 충성한 사람을 이렇게 죽이면 누가 충성을 다하겠느냐고…… 그래서 정신병원으로 보낸 거죠."

이강호는 한국사에 이토록 엄청난 비밀이 숨어 있을 것이라곤 생각지 못했다.

"대통령이 시해되면서 이무영 소령도 피해를 본 것이군요."

"그렇죠."

이강호는 창밖을 내다보았다. 이무영 소령을 한 번도 본 일은 없었으나 어둠 속에서 조국을 위해 고군분투하는 모습이 아련하게 떠올랐다.

전쟁은 막을 내리고

이무영은 국방부 정보국 소령이었다. 국방부 정보국은 적군의 움직임을 탐지하여 유사시에 적절하게 대처하는 것이 중요 임무였다. 이무영에 대해서 자세하게 알려면 당시 정보국 장교를 찾아보면 알 수 있을 것이다. 이강호는 국방부 출입 기자인 정희일을 통해 이무영 소령과 동기였던 김주승 대령과 통화할 수 있었다. 그는 국방부 정보국에서 근무하다가 12·12 사태 이후 전방으로 배치되었고, 90년대 초 야전군 연대장을 마지막으로 예편한 사람이었다.

"이무영 소령에 대해서 무엇이 궁금합니까?"

김주승은 연대장을 지낸 사람답게 목소리에 절도가 있었다.

"이무영 소령의 비밀 임무에 대해서입니다."

"나는 그런 거 모릅니다."

"대령님과는 육사 동기고 제일 친했다고 들었습니다."

"나는 아무 말도 하고 싶지 않소. 그러니 전화하지 마시오."

김주승은 냉랭하게 전화를 끊었다.

"김주승 대령은 불만이 많아. 자기들이 충성을 다했는데도 조국이 배신했다고 생각하고 있어."

김주승 예비역 대령은 육군사관학교를 우수한 성적으로 졸업했으나 대령으로 군 생활을 마친 것에 대해 배신감을 느끼고 있다는 것이었다.

"그럼 어떻게 해야 돼?"

"그들의 애국심에 호소해야 해."

이강호는 김주승을 반드시 만나고 싶었다. 그러나 그가 완강히 거절했기 때문에 어쩔 수가 없었다.

'박정희에게도 저런 애국심이 있었을까?'

이강호는 정희일로부터 김주승에 대한 이야기를 듣고 박정희 자서전을 다시 읽기 시작했다.

* * *

나는 모질게 태어난 놈이었다. 삼신할머니가 나를 점지한 준 뒤에도 사악한 악귀는 내 가냘픈 목숨 줄을 끊으려고 발버둥을 쳤다. 이미 두 아들과 큰딸을 결혼시킨 어머니는 45세의 나이에 나를 잉태한 것을 몹시 부끄러워했다. 그래서 어머니는 배 속에 있는 나를 떼어내려고 간장도 한 대접씩 퍼마시고 능수버들 가지를 달여서 마시기까지 했다. 비탈에 몸을 던져 데굴데굴 구르다가 정신을 잃고 쓰러진 적도 있었다. 그래도 나는 어머니의 배 속에 옹골차게 달라붙어서 떨어지지 않았다. 내가 그때 유산되었더라면 사람들이 나에게 독재자라고 손가락질하지도 않았을 것이고, 나라의 운명을 혼자서 짊어지고 가겠다는 가당찮은 독기도 품지 않았을 것이다.

때때로 나는 어머니를 생각했다. 어머니는 나를 잉태한 것을 부끄러워하는 한편 늦둥이인 나를 몹시 귀여워했다.

"니를 낳을 때 내가 고생을 억수로 한 기라. 잘 묵지도 몬했고 사람들 눈이 참말로 부끄러웠제."

내가 태어난 것이 1917년 11월 14일이니 겨울이 시작되었을 때의 일이었다. 아버지와 어머니는 5남 2녀를 낳았다. 우리는 몹시 가난했다. 여덟 마지기의 농토를 소작하고 있었으나 그것만으로는 우리 식구의 입을 풀칠할 수가 없었다.

아버지의 성함은 박성빈이고 어머니는 백남의였다. 어머니는 늦게 나를 낳았기 때문에 항상 젖이 모자랐다. 큰누나 귀희는 내가 태어나기 전에 칠곡에 있는 단씨에게 시집을 갔는데 공교롭게 어머니와 같은 시기에 임신을 하여 친정에 오면 젖이 모자라는 나에게 젖을 물려 주곤 했다.

"일마야, 니가 내 젖 먹고 컸다는 거 알기나 하노?"

누나는 내가 큰 뒤에도 그런 말을 하여 나를 머쓱하게 했다.

"내가 와 누님 젖을 묵노?"

퉁명스럽게 대꾸할라치면 큰누나는 어김없이 알밤을 날렸다.

"야가 우째 이래 공 없는 소리를 하노?"

어머니는 때때로 아버지의 젊었을 때 이야기를 하곤 했다. 아버지는 당시만 해도 키가 훤칠하게 컸고 눈이 부리부리했다.

"느그 아부지는 무인武人이락하이. 조선에서 무과에 급제하여 효력부위 벼슬을 잠깐 지내시지 않으셨나."

어머니의 이야기가 어디까지 사실인지 알 수 없으나 아버지는 마을에서 선달님으로 존경을 받았다. 그러나 내가 기억하는 아버지는 두주불사하는 호주가였다.

"아부지가 과거에 급제를 하셨으면 벼슬이 높았는교?"

누구나 그렇겠지만 아버지에게는 전설 같은 이야기가 많았다. 아버지가 무과에 급제한 무인이라든지 동학에 가담했다는 이야기도 심심찮게 나돌았다. 그러나 확인할 수 있는 것들은 아무것도 없었다. 나는 당시에 아버지가 무엇을 했는지 그다지 관심이 없었다. 사람들은 아버지가 무과 1차에 합격하기는 했으나 온전히 급제한 것은 아니라고 말하기도 했다. 1차에 급제한 사람들을 선달이라고 부르는데, 많은 사람들이 아버지를 박 선달이라고 불렀다.

가난과 소외의 시절이었던 유년 시절은 구미면 상모리에서 시작되었다. 상모리는 전형적인 시골 촌락으로 경부선이 뚫리고 버스가 다니는 신작로가 생기기 전에는 우마차가 유일한 여행 수단이었다. 칠곡에서는 수만 석을 경작하는 부자가 살고 있었으나 대부분의 주민들은 지주들의 땅을 소작하면서 가난하게 살았다.

그러나 상모리는 아름다웠다. 수량이 풍부한 낙동강 중류가 사시사철 푸르게 흘러가고 있었고 인근의 금오산은 경북 일대에서 알아주는 명산이었다. 상모리를 둘러싼 아름다운 산과 들판, 그리고 옹기종기 모여 있는 초가와 드문드문 기와집이 있어서 어쩐지 고색창연해 보이기도 했다. 내가 살던 마을은 대부분이 퇴락한 초가집이었고 담배 농사를 짓는 외갓집만이 어느 정도 부(富)를 유지하고 있었다.

아버지는 외가의 농토 여덟 마지기를 얻어서 소작을 했다. 그러나 아버지가 일할 때는 모내기를 하거나 벼를 벨 때와 같이 중요한 농사철뿐이었고, 나머지 농사는 대부분 어머니와 형들의 몫이었다.

"시집이라고 와보니 아무것도 없더라. 그 흔한 쌀뒤주조차 없는 기라."

어머니는 간간이 시집왔을 당시의 가난한 살림살이에 대해 얘기했다.

* * *

박정희는 자서전에서 자신이 경상북도 선산군 상모리에서 태어났다고 했다. 그의 기록에 의하면 가난한 소작농 출신이고 보통학교를 졸업한 뒤에 가난한 수재들이 다닌다는 대구사범학교에 입학했다고 했다. 당시의 사범학교는 지금의 초등학교 교사를 양성하는 5년제 학교인데 조선에 3개뿐이고 나라에서 교육비를 부담했기 때문에 가난한 수재들이 다녔다고 했다. 보통학교 시절 평범한 소년이었고 대구사범학교에 다닐 때는 공부보다 교련에 더욱 열심이었다고 했다.

기숙사비를 내지 못해 학교도 간신히 졸업할 정도로 가난한 생활을 했다. 박정희는 우울할 때면 트럼펫을 불었다. 그러나 사범학교에서 금강산, 만주, 일본까지 수학여행을 보내 주어 소년 박정희에게 중요한 영향을 미친 것으로 보였다.

박정희는 대구사범학교에 다닐 때 부모에 의해 원치 않는 결혼을 했다. 그래서인지 첫부인과는 가깝게 지내지 못한 상태에서 딸 재옥이 태어났다. 박정희는 대구사범학교를 졸업한 뒤에 문경에서 소학교 교원 생활을 하다가 만주군관학교에 입학했다.

'박정희는 왜 만주군관학교에 갔을까?'

이강호는 박정희가 군관학교에 간 것은 야망 때문이라고 생각했다. 그는 가난을 뼈저리게 증오했고 당시 군인은 출세할 수 있는 길이었다. 박정희는 군관학교를 졸업하자 일본 육사로 진학하여 본격적인 훈련을 받았다. 일본 육사는 뺨을 1,000대 이상 맞아야 졸업한다는 말이 있을 정도로 구타가 가혹했고 철저한 훈련으로 유명했다. 그러나 일단 육군사관학교를 졸업하면 최정예 초급 장교가 되었다. 박정희는 일본 육군사관학교를 졸업하자 만주의 관동군에 배치되었다. 그곳에서 중위로 진급했을 때 8월 15일 해방을 맞이했다.

만주에서 졸지에 민간인이 되어 8개월 정도 방황하다가 독립군을 따라 1946년이 되어서야 조국으로 돌아왔다. 그는 해방된 조국에서 무위도식하다가 국방경비대가 탄생되자 군인의 길을 가기 위해 입대했고 소령으로까지 진급했다. 그러나 둘째형 박상희의 죽음과 남로당에 가입한 일로 체포되어 특무대장 김창룡에게 혹독한 고문을 받고 사형이 선고되었다. 즉, 여순반란사건으로 국군에 숙정 바람이 불자 박정희도 형에 의해 남로당에 가입한 것이 발각되어 처벌받게 된 것이다. 그러나 김창룡에게 전향하여 국방부 정보국 문관으로 근무하다가 6·25를 맞이하게 되었다. 박정희는 다시 군에 복귀하여 인민군과 싸우게 되었다.

박정희는 육영수를 1950년 전시 중 부산에서 만났다고 기술했다.

* * *

일요일 아침, 나는 침대에서 일어나 공관을 나와 정원으로 향했다. 봄에는 기상을 하면 매일같이 공관의 정원에 있는 벚나무 터널을 걷는 것이 하나의 일과였다. 그러나 여름철과 가을에는 좀처럼 걷지 않았다.

언제였던가. 아내와 함께 그 길을 걸은 적이 있었다. 1974년 4월의 어느 아침이었다. 어쩌면 쉬는 날인 일요일 아침인지도 몰랐다. 그 길을 걸을 때면 아내에 대한 추억이 뭉게구름 피어오르듯 떠올랐다. 그날은 낙화가 하얗게 길을 덮고 있었다. 발밑에 깔린 벚꽃이 하얀 사금파리 조각처럼 반짝였고 아내의 우아한 한복 치맛자락이 꽃잎을 쓸어갔다.

아내를 생각하자 가슴이 촉촉하게 젖어오면서 눈시울이 뜨거워졌다. 어쩐지 오늘 아내와 함께 걷고 있는 기분이었다. 아내의 맑고 고운 웃음소리, 햇살이 꽃잎에 부서지는 것처럼 부드러운 목소리가 방울소리처럼 찰랑거리듯이 내 귓전을 울렸다.

고향 상모리에도 해마다 4월이면 벚꽃이 만개했다. 희디흰 꽃들은 산비탈과 마을 어귀의 청령 둑에, 신작로에 화사하게 피었다. 서울 신당동에 살 때도 주택가에는 벚꽃이 활짝 피어 바람이 일 때마다 꽃잎이 분분히 날리곤 했다.

당신이 먼 길을 떠나던 날
청와대 뜰에 붉게 피었던 백일홍과
숲 속의 요란스러운 매미 소리는
주인 잃은 슬픔을 애달파하는 듯
다소곳이 흐느끼고 메아리쳤는데
이제 벌써 당신이 가고 한 달
아침 이슬에 젖은 백일홍은
아직도 눈물을 거두지 못하고 있는데
매미 소리는 이제 지친 듯
북악산 골짜기로 사라져 가고
가을빛이 서서히 뜰에 찾아드니
세월의 빠름을 새삼 느끼게 되노라

아내가 죽은 뒤 한 달이 되었을 때 쓴 〈백일홍〉이라는 제목의 시였다. 시어가 아름답지는 않지만 내 마음을 솔직히 표현한 시였다. 아내의 죽음은 나를 시인이 되게 만들었다.

아내가 자꾸 떠오르는 것은 나이 탓일까?

나는 정원에서 돌아와 J와 함께 배드민턴을 쳤다. J는 L의 연락을 기다리기 위해 청와대에서 거의 숙식을 하고 있었다.

옛날에는 수영을 했으나 유류 파동이 생긴 이후로 비용이 많이 드는 수영을 그만두고 배드민턴을 치기로 했던 것이다. J와 나는 땀을 흥건히 흘릴 때까지 배드민턴을 치고는 본관으로 돌아왔다.

"아침 식사는 했나?"

나는 J에게 물었다.

"예, 각하."

J가 정중하게 허리를 숙이고 대답했다. 본관 앞에는 차지철이 세워 놓은 경호원들이 검은 양복을 입고 부동자세로 서 있었다. 경호원들은 집무실 앞에도 서 있었으나 나는 크게 신경 쓰지 않았다. 그들은 이제 나의 일부가 되어 있었다.

"그럼 나중에 보세."

나는 본관 2층에 있는 작은 식당으로 향했다. 본관 1층 부속실 옆에 있는 주방에서 아침이 준비되면 주방 옆으로 난 계단을 통해 웨이터가 2층 식당으로 음식을 가져왔다. 지만은 육사에 가 있었기 때문에 집에는 큰딸 근혜와 작은딸 근영이 있었다. 언제나 아침 식사를 같이했기 때문에 애들이 먼저 자리에 앉아 있었다. 하지만 아내와 아들이 없는 식탁은 썰렁해 보였다.

"벌써 가을이더라. 정원에 낙엽이 많이 떨어지고 있어."

나는 아이들을 살피면서 아침 인사를 건넸다.

"밤에 비가 내렸어요. 그래서 낙엽이 더 많이 떨어진 것 같아요."

근영이 내 앞에 조심스럽게 수저를 놓았다.

"아버지, 밤에 퉁소 좀 불지 마세요."

내가 수저로 무국을 떠서 입에 넣는데 근혜가 입을 열었다. 어젯밤에 나는 식당에서 퉁소를 불었다. 술기운에 퉁소를 불고 피아노를 쳤는데 귀에 거슬린 모양이었다.

"듣기에 안 좋더냐? 아무려면 근영이가 치는 것만 하겠어?"

나는 웃으면서 아이들을 쳐다보았다. 근영이는 대학에서 음악을 전공하고 있었기 때문에 피아노를 잘 쳤다.

"밤에 퉁소를 부니까 청승맞잖아요. 노래도 매일 〈황성옛터〉만 부르시고……."

"그럼 무슨 노래를 불러? 내가 너희들처럼 팝송이나 포크송을 불러야 하냐?"

"아버지, 무슨 생각을 하시면서 그런 노래를 부르시는 거예요?"

근영이 이해할 수 없다는 표정으로 나를 빤히 쳐다보았다. 나는 잠시 생각에 잠겼다. 무슨 생각을 하면서 퉁소를 불고 피아노를 치는 것일까. 특별히 어떤 생각을 하지는 않았다.

"아버지는 사범학교에 다닐 때도 나팔을 부셨다면서요?"

틀린 말은 아니었다. 나는 사범학교에 다닐 때 밴드부에 있었는데 나팔을 담당했다. 학교에서도 불었고 상모리 집에 돌아와서도 불었다. 그때 내가 자주 불던 곡은 〈도나우강의 잔물결〉이었다. 나중에 금지곡이 되기는 했지만 〈황성옛터〉와 〈짝사랑〉이라는 노래를 부르기도 했다. 아침 식사를 마치자 김재규 중앙정보부장이 들어와 있었다. 나는 그를 집무실에서 만났다. 김재규는 야당의 동정에 대해 보고한 후에도 돌아가지 않고 머뭇거렸다.

"임자, 나에게 할 말이 있소?"

"각하, 야당의 요구를 어느 정도 들어주시는 것이 어떻습니까?"

김재규가 머뭇거리다 입을 열었다.

"왜 그래?"

"미국의 압력이 너무 거셉니다."

나는 한숨을 내쉬었다. 미국이 요구하는 것은 민주화 요구다. 그러나 자주국방을 이루기 전에는 민주주의를 유보할 수밖에 없다. 야당이나 재야인사들, 그리고 학생들의 움직임이 더욱 거세지고 있는 것은 미국이 조종을 하고 있기 때문일 것이다.

"미국이 언제부터 그렇게 한국 민주주의에 관심이 많았어?"

"미국이 원하는 것은 그게 아닙니다."

"미국이 원하는 게 뭐야?"

"자주국방……."

"김 부장."

"예."

"임자는 어느 나라 사람이야? 임자는 지금 나에게 자주국방을 포기하라고 말하는 거야?"

"각하, 그게 아니라 민주주의를 하면서도 전술핵을……."

"그만둬. 야당이나 재야인사들이 전술핵 개발을 찬성할 것 같아?"

"미국은 각하께서 요원들을 파견하신 것을 알고 있습니다. 각하께서 L을 소환하지 않으면 그의 목숨이 위태로울지도 모른다고 합니다. 그들이 저에게 그렇게 통보했습니다."

김재규가 나에게 고개를 숙였다. 나는 그의 말에 가슴이 철렁했다. 김재규가 L의 안전에 대해 말한 것이 독단적인 생각인지 미국의 사주를 받은 것인지 알 수 없었다. 나는 김재규가 돌아가자 J의 방으로 달려갔다.

"L은 지금 어디에 있나? CIA가 L을 노리고 있어. 당장 L에게 연락해서 CIA를 조심하라고 해."

J의 얼굴이 하얗게 변해 나를 쳐다보았다.

"각하."

"정보부장이 당장 L을 소환하지 않으면 안전을 보장할 수 없다고 했어. 이건 최후통첩이야. L의 목숨이 위험해."

"각하, 이건 그들의 음모입니다."

"음모?"

"각하, 침착하세요. 그들은 지금 L을 뒤쫓다가 놓쳐서 우리가 다급하게 연락하기를 기다리는 거예요. 우리가 L에게 연락을 취하면 도청을 하여 L의 소재를 파악하려 할 거예요. 그들의 음모에 말려들지 마세요."

나는 J의 말에 머릿속이 맑아지는 기분이었다. J가 총명하여 흡족했다.

"고맙네."

"각하, 저희는 군인입니다. 국가를 위하여 충성을 다할 뿐입니다."

나는 J의 말에 숙연해지는 기분이 들었다. 국가에 대한 충성, 그것은 군인의 본분이다.

나는 평생을 군인으로 살아왔다. 일본에서 해방된 대한민국은 국군이 필요했다. 나는 고향으로 돌아와 상모리에서 무위도식하다가 서울로 올라와 군에 입대했다. 만주군관학교와 일본 육군사관학교에서 4년 동안 훈련을 받은 내가 다시 훈련을 받게 된 것이다. 나는 훈련을 마치자 소위로 임관했고 빠르게 진급하여 소령이 되었다. 그러나 남로당 사건으로 군대에서 축출되었다. 재판에서 사형이 선고되었으나 동지들의 도움으로 전향하여 석방되었다. 그러나 군에서 벗어나지 못하고 문관^{文官} 생활을 하고 있을 때 6·25가 터진 것이다.

전쟁은 순식간에 남한 전체를 휩쓸었다. 6월 25일 38선을 돌파하여 남침을 한 북한 공산군은 사흘 만에 서울을 점령했다. 내가 문관으로 일을 하는 국방부 정보국은 수원, 대전을 거쳐 부산까지 피난을 갔다. 그러나 이승만의 외교력으로 유엔안전보장이사회가 열리고 유엔군이 한국 참전을 결의하면서 상황이 달라졌다. 미국을 비롯하여 16개국이 참전을 결정했고 미군이 대대적으로 부산에 상륙하여 전선에 투입되었다.

전쟁은 참혹했다. 일본군으로 만주에 있을 때도 나는 전쟁을 경험하지 못했다. 6·25 전쟁은 나에게는 너무나 생소했다. 전투기가 하늘을 메우고 날아와 폭탄을 터뜨리고 탱크가 불을 뿜었다. 수많은 군인들과 민간인들이 죽고 집들이 불에 타 도시 전체가 폐허가 되었다.

피난민들이 거리에 가득했고 부모를 잃은 아이들이 거리를 떠돌다가 굶어 죽고 얼어 죽었다.

그 무렵부터 미군 상륙이 대대적으로 이루어져 전 전선이 미군과 국군, 그리고 인민군이 대치하는 상황으로 발전했다. 미군은 하루에도 1만 명씩 상륙하여 전선으로 갔다. 부산 또한 피난민들로 가득 메워졌다. 대규모의 유엔군이 부산에 상륙하여 전선에 투입되면서 전쟁은 새로운 국면을 맞았다. 국군과 유엔군은 인민군에게 더 이상 밀리지 않고 낙동강 일대에서 치열한 전투를 전개했다. 치열함 속에 차츰 유엔군이 승리할 조짐이 보이기 시작했다. 전방과 달리 부산은 미군 사령부와 한국의 행정부가 내려오자 피난민들이 들끓어 활기를 띠고 있었다. 나는 때때로 정보국에서 나와 초량동에 있는 다방 밀다원에서 커피를 마시곤 했다.

"과장님, 혼자 지내고 계십니까?"

하루는 송재천 소위가 나를 따라와 커피를 마시다가 불쑥 물었다. 송재천 소위는 대구사범학교 후배였다. 밀다원에서 내려다보이는 거리의 풍경은 언뜻 평온해 보이기까지 했다. 그러나 길거리에는 전쟁고아들이 넘치고 피난민들과 군인들이 가득했다. 굶주린 아이들이 미군들의 뒤를 쫓아다니면서 초콜릿을 달라고 소리지르는 모습도 종종 볼 수 있었다.

"응."

건성으로 대답하면서 나는 거리를 오가는 사람들을 힐끔 내려다보았다.

"결혼하셨다가 이혼하셨다고 들었습니다."

"이혼한 것은 아니야."

나는 여전히 송재천 소위의 말을 흘려듣고 있었다. 전쟁 중에 나누는 대화치고는 너무나 한가한 이야기가 아닐 수 없었다.

"그러면 새 부인을 맞이하셔야지요."

"전쟁 중에 무슨 결혼이야?"

나는 우울하게 창밖을 내다보면서 말을 잘랐다.

"제 외가 쪽에 참한 아가씨가 한 명 있는데 만나 보시겠습니까?"

내 생각과는 달리 송재천 소위는 뭔가 단단히 준비하고 말을 건네는 것 같았다.

"어떤 색시인데?"

"집안도 좋고 얌전합니다. 배화여전을 졸업한 인텔리인데 나이는 스물여섯 살이고요. 제가 보기에는 최고의 색시감입니다."

"어떤 아가씨인데 그래?"

"일단 한번 만나 보시지요."

"글쎄……."

나는 여자를 만나는 일이 선뜻 내키지 않았다. 이전 아내와도 좋은 관계가 아니었다. 왠지 여자와 인연을 만들기 힘든 운명을 타고난 것만 같았다.

"이름은 영수고 옥천에서 부산으로 피난을 와서 영도에서 살고 있습니다."

"그런 이야기 그만두고 막걸리나 마시러 가지. 배도 안 부른 커피를 왜 마셔?"

나는 송재천 소위를 데리고 근처의 목로주점으로 갔다. 그 목로주점에도 예술인들이 모여 왁자하게 술을 마시고 있었다. 나는 그들의 얘기 중에 김동리, 윤용하 등 여러 사람의 이름이 오르내리는 것을 들었다. 김동리는 유명한 소설가이고 윤용하는 광복절 노래를 작곡한 사람이었다.

"과장님, 맞선을 보시겠습니까?"

송재천 소위는 그날 이후 집요하게 그 문제를 꺼냈다. 하도 들볶는 바람에 맞선을 보기로 결정하고 말았다. 전쟁 중이었기 때문에 언제 죽을지 알 수 없었다. 죽음은 두렵지 않았으나 그 무렵 나는 너무나 외로웠다. 송재천 소위는 그날로 영도에 살고 있는 이모 이경령을 찾아가서 나에 대한 이야기를 하고 돌아왔다.

"이모님의 허락을 받았습니다."

송재천 소위가 정보과 사무실에 앉아 있는 나에게 진행 상황을 알렸다.

"색시 어머니가 자네 이모인가?"

"예."

"본인의 생각은 어때?"

"영수 누님도 선을 보는 것은 반대하지 않는 것 같습니다. 스물여섯 살이면 사실 좀 늦었거든요. 제가 노처녀 시집보내야 한다고 이모님께 말했습니다."

"이모는 뭐라고 그러셔?"

"사람만 좋다면 집으로 한번 데리고 오라고 그러십니다."

나는 그렇게 해서 육영수라는 여자와 선을 보기로 결정했다. 그러나 막상 선을 보려고 하자 여간 쑥쓰러운 것이 아니었다. 송재천 소위로부터 색시 쪽 아버지가 완고한 노인이라는 말을 듣고는 더욱 조심스러웠다.

약속한 날이 되자 소주 몇 잔을 마시고 송재천 소위와 영도에 있는 색시 집으로 갔다. 나는 거실로 안내되어 그녀의 아버지 육종관과 어머니 이경령에게 절을 했다. 색시는 보이지 않았으나 이내 차를 가지고 들어와서 부모님 옆에 얌전하게 앉았다.

"여기는 내가 말씀 드린 박정희 소령이고……, 이쪽은 영수 누님입니다."

송재천이 멋쩍은 표정으로 소개했다. 나는 육영수를 힐끗 쳐다보았다. 육영수는 검정치마에 하얀 블라우스를 입고 있었는데 무엇이라 설명할 수 없는 신비스러운 분위기를 풍기고 있었다.

"고령 박씨라고 했나?"

육영수의 아버지가 근엄한 표정으로 물었다.

"예, 신라 경명왕의 둘째 아들 고양대군이 시조이십니다."

나는 조심스럽게 대답했다.

"고향에는 누가 계시나?"

"부모님은 돌아가시고 형님들이 계십니다."

나는 육종관이 묻는 말에 정중하게 대답했다. 옥천에서 유명한 부자인 육종관은 내가 탐탁지 않은 듯했다. 육영수는 얌전하게 앉아 있었으나 기품이 있어 보였다.

"과장님, 색시가 어떻습니까?"

육영수의 집을 나오자 송재천 소위가 나에게 물었다. 8월 하순이
되면서 볕이 따가웠다. 나는 장마철이 지나 윤기 하나 없는 푸른 하
늘을 쳐다보았다.

"글쎄, 한 번 봐 가지고 알 수가 있나?"

"그래도 첫인상이라는 것이 있지 않습니까?"

"키가 나보다도 큰 것 같더군."

"과장님이 좀 작은 편이 아닙니까?"

"인마, 내가 작은 것하고 무슨 상관이야?"

"키는 아무 상관이 없다는 말씀입니다."

"그런 이야기 그만하고 근무나 하자고."

육영수의 인상은 약간 묘했다. 속이 깊은 것인지 표정이 없는 것
인지 겉으로 드러난 얼굴만 봐서는 무슨 생각을 하는지 알 수 없었
다. 그렇다고 사람을 무시하는 인상도 아니어서 온화한 가운데 뭔가
근접할 수 없는 기품이 엿보였다. 여태껏 어떤 여자에게도 느낄 수
없는 독특한 기운이었다. 그런데 이상한 것은 한 번 본 그녀의 얼굴
이 잊히지 않고 생생하게 기억나는 것은 물론, 문득 그녀의 웃는 얼
굴까지 자꾸 뇌리에 떠올랐다.

"그쪽에서는 좋아하는 눈치던걸요."

송재천 소위가 불쑥 육영수 이야기를 꺼냈다.

"뭐라고 그러는데?"

"영수 누님 동생 중에 예수라고 있습니다. 과장님이 나간 뒤에 예수가 영수 누님에게 물어봤더니 좋다고 했답니다."

"구체적으로 말해 봐."

"영수 누님 말로는 눈에서 광채가 나고 근엄해 보였답니다. 왠지 모르게 마음이 끌린답니다."

일단 나는 송재천 소위에게 영수를 다시 만날 수 있게 해달라고 말했다. 뭔지 모를 끌림의 실체를 확인하고 싶어서 다시 만나고 싶어졌던 것이다.

나는 육영수와 광안리 해수욕장에서 데이트를 하게 되었다. 전쟁 중이라는 것을 감안한다면 참으로 한가하고 여유로운 데이트였다.

"벌써 가을이 오는 것 같습니다."

군복 차림의 나는 치마를 입고 나온 육영수를 살짝 올려다보았다. 그녀는 나란히 걸으면서도 별로 말이 없었다. 그저 고개만 끄덕였다. 원래 과묵한 편인 나도 말이 없는데, 나보다 더 입이 무거운 그녀 때문에 우리는 30분 동안 한 마디도 하지 않았다.

"아버님이 무척 근엄한 분인 것 같습니다."

다시 어렵사리 내가 먼저 대화의 물꼬를 텄다.

"네."

"어머님은 자애로우시죠?"

"네."

"저도 말이 없는 편인데 영수 씨도 말이 없는 분인 것 같습니다. 혹시 우리가 결혼하면 하루 종일 서로 말 한 마디 하지 않는 거 아닐

까요?"

그 말에 별다른 표정을 짓지 않던 육영수가 흰 이를 드러내 놓고 얼굴을 붉히며 웃었다. 그녀의 환한 얼굴이 내 마음을 사르르 녹이는 기분이었다. 오래전에 잊고 있었던 따뜻함 같기도 했고, 돌아가신 어머니의 미소를 닮은 것 같기도 했다.

이후로 육영수는 내가 나오라고 하면 언제든지 달려 나왔다. 나는 육영수가 점점 마음에 들기 시작했다. 육영수가 뛰어난 미인은 아니었지만 결혼하면 나를 행복하게 해줄 것 같았다. 우리는 주로 밀다원에서 만나 이야기를 나누었고, 처음과는 달리 이런저런 대화로 나를 편안하게 해주었다. 첫인상의 매력은 알 수 없지만, 만나면 만날수록 정이 드는, 육영수는 그런 여자였다.

전쟁은 더욱 치열하게 벌어졌다. 낙동강 전투에서 양군은 총력을 기울였다. 미군은 제공권을 장악하여 매일같이 공군기들을 출격시켜 인민군 집결지에 융단 폭격을 가했고, 인민군은 밤이 되면 국군이 지키고 있는 낙동강 교두보에 포탄을 쏟아부었다. 인민군은 8월 31일부터 최후의 공세를 펼치기 시작했다. 인민군 남도사령부 산하 10만 명의 병력을 모조리 낙동강 전투에 투입했다. 미군과 한국군은 약 18만 명의 병사를 투입했다. 인민군 전차는 100대, 미군 전차는 600대에 이르렀다. 미군이 연이어 지상군을 상륙시켰기 때문에 수적으로 보나 질적으로 보나 전황은 점점 유리해지고 있었다. 그렇게 필사적으로 공방전을 벌이면서 낙동강 교두보는 지옥의 전선이 되었다. 그러나 시작이 있으면 끝이 있는 법이었다.

　맥아더 유엔군 사령관은 9월 15일 261척의 함대를 동원하여 인천에 맹렬한 포격을 가하고 미 해병 1사단과 한국 육군 7사단을 주력으로 하는 7만 5,000명의 병력을 인천에 상륙시켰다. 인민군은 불의의 기습을 받고 당황했다. 인천 일대에 2,000명의 인민군 정규군이 있었으나 수백 대의 전투기가 융단 폭격을 가하고 함대가 야포를 쏘아대는 대대적인 공세를 감당할 수 없었다. 인민군은 변변하게 저항도 못하고 괴멸되었다.

　"과장님, 인천에 미군이 상륙했습니다."

　9월 15일 아침, 김종필이 후닥닥 뛰어 들어와 보고했다.

　"그게 정말이야?"

　나는 책상에서 벌떡 일어났다.

　"조금 전에 뉴스로 방송됐습니다."

　나는 시계를 보았다. 9시에서 불과 5분도 지나지 않고 있었다.

　"대규모 상륙작전인가?"

　"예, 노르망디와 맞먹는 상륙작전이라고 합니다."

　"라디오 틀어봐."

　정보과 장교들이 우르르 몰려와 고물 라디오에 귀를 기울였다. 그러자 맥아더 유엔군 사령관이 인천상륙작전에 성공했다는 뉴스가 흥분한 아나운서의 목소리를 타고 보도되었다. 나는 가슴속으로 무엇인가 뜨거운 것이 훑고 지나가는 듯한 기분이 들었다. 맥아더 사령부가 인천상륙작전을 철저하게 비밀에 부쳤기 때문에 우리 정보국에서도 그 사실을 눈치챌 수 없었다. 그러나 나는 미군 함대의 이동, 국군의 이동 등을 파악하고 맥아더 사령부가 어디엔가 상륙작전을 실시할 것이라고 막연히 짐작하고 있었다. 이제 전쟁이 끝이 보이기 시작한 것이었다.

거리로 나오자 호외가 뿌려지고 있었다. 낙동강 교두보 전투를 총지휘하는 미군은 오전 9시를 기해 총반격 명령을 내렸다. 인천에서 대규모의 미군과 한국군이 상륙했다는 소식을 들은 인민군은 당황했다. 인민군은 필사적으로 반격하면서 후퇴할 준비를 서둘렀다. 미 제1군단이 주공격 부대로 진격하기 시작했다. 백선엽 장군의 1사단은 미 기병사단, 24사단, 영국 27여단과 함께 미 1군단에 배속되어 반격의 첨병에 섰다. 백선엽 장군의 1사단은 악전고투 속에서 다부동을 재탈환했다. 다부동에는 완전히 지옥도가 펼쳐졌다. 다급해진 인민군은 전차와 각종 대포, 탄약을 버리고 후퇴했는데 시체들이 다부동 산을 뒤덮고 있었다. 보급품을 운반하던 말과 소도 어지럽게 죽어 있었고 소년 병사들은 쇠사슬에 묶인 채 죽어 있었다. 인민군들은 대대적으로 투항했다. 포로가 너무 많아 수용 시설이 부족할 정도로 매일같이 수천 명의 인민군들이 투항했다. 전쟁은 마치 거대한 파도가 밀려왔다가 밀려가는 것 같았다. 그러나 단 한 번의 파도에 수십만 명의 사람들이 목숨을 잃고 집과 재산을 잃었다. 아이들은 부모를 잃고 고아가 되었다. 부산에도 헤아릴 수 없이 많은 고아들이 거지 떼가 되어 돌아다녔다.

9월 15일, 나는 중령으로 진급했다. 그러나 동기 이한림은 장군으로 진급하여 부군단장이 되어 있었다. 왠지 나만 뒤처져 있는 것 같아 씁쓸했다. 육군본부는 대구로 이동하게 되었다.

"우리는 대구로 이동하게 됩니다."

나는 육영수를 만나서 육군본부가 대구로 올라간다는 사실을 알려주었다.

"어머, 그럼 우리는 어떻게 해요?"

육영수가 깜짝 놀란 표정으로 나를 쳐다보았다.

"영수 씨도 고향으로 돌아가십시오. 옥천도 국군의 수중에 들어와 고향으로 돌아갈 수 있습니다. 내가 어떻게든 트럭을 한 대 마련해 드리겠습니다."

나는 육영수 일가가 고향 옥천으로 돌아갈 수 있도록 트럭을 수소문했다.

"아버님도 기뻐하실 거예요."

"우리 약혼식이라도 하는 것이 어떻습니까? 물론 결혼을 해야 하지만 시국이 어수선하니 우선 약혼만이라도 했으면 합니다. 어떻습니까?"

육영수가 고개를 끄덕거렸다.

"동의하시는 겁니까?"

나는 육영수에게 다시 한 번 다짐을 받고 집으로 찾아갔다. 아버님과 어머님께 옥천으로 돌아갈 수 있도록 트럭을 마련해 놓았다는 것과 결혼을 허락해 달라고 청했다. 그러나 결혼을 허락해 달라는 말에 육종관은 선뜻 동의하지 않았다. 오히려 내가 돌아가자 가족들에게 결혼을 반대한다고 선언했다. 그는 군인을 싫어했다. 전쟁 중이라 군인들이 득세할 때였고 권력자처럼 국민들을 함부로 대하는 장교들도 있었다. 그런 사실 때문이었는지, 아니면 전쟁 중에 내가 전사라도 하면 육영수가 과부가 될까 봐 그랬는지 육종관은 계속 반대를 했다.

육종관은 끝내 육영수와 나와의 결혼을 허락하지 않았다. 육영수의 어머니는 육종관이 반대하자 트럭을 타고 옥천으로 돌아가다가 육영수를 데리고 대구에서 내렸다. 나는 대구 동성로 근처에 있는 식당에 이영근 중위, 김재춘 중령, 그리고 방첩부대장 한웅진 중령과 함께 나갔다. 육영수 모녀는 이미 자리에 앉아 있었다. 전쟁 때문에 우리 가족들도 참석하지 못했으나 육영수의 아버지도 참석하지 않아 약혼식은 예물을 교환하는 정도로 이루어졌다.

"영수 씨가 이제야말로 내 여자가 된 것 같습니다."

나는 약혼식이 끝나자 한복을 곱게 입은 육영수와 데이트를 즐겼다.

"좋은 아내가 되도록 노력할게요."

육영수가 살포시 웃었다.

"나도 좋은 남편이 될 겁니다."

나는 육영수의 손을 살며시 잡았다. 육영수의 손에서 따뜻한 온기가 전해지면서 가슴이 세차게 뛰었다. 육영수는 만나면 만날수록 사랑스러웠다. 대구는 사범학교를 다닌 곳이어서 내겐 고향이나 다를 바 없었다. 그러나 대구 시내도 폭격으로 집들이 무너져 데이트를 할 만한 장소가 없었다. 그래서 육영수를 지프차에 태우고 팔공산에 있는 동화사桐華寺로 데리고 갔다. 동화사는 신라 소지왕 때 극달존자가 창건하여 유가사라 불리다가, 흥덕왕 시대에 이르러 절을 중건할 때 오동나무가 겨울에 상서롭게 꽃을 피웠다고 하여 동화사로 이름이 바뀐 절이었다.

천년 고찰인 동화사는 표지석이 있는 곳에서부터 사찰까지 2킬로 미터를 걸어 올라가지 않으면 안 되었다. 육영수는 1킬로미터 남짓 올라가자 힘들어 했다.

"영수 씨."

"예?"

"내 등에 업히세요."

"어머……, 안 돼요."

육영수가 화들짝 놀라서 얼굴을 붉혔다.

"괜찮습니다. 약혼을 했으니 영수 씨는 내 아내입니다. 남편의 등에 업히는 것은 조금도 흉이 되지 않습니다."

"남녀가 유별한데 어떻게……."

"저를 남편이라고 생각하고 업히십시오."

내가 허리를 굽히자 육영수는 몇 번이나 사양하다가 업혔다.

"참 행복해요. 처음 우리 집에 왔을 때 워커 끈을 매는 뒷모습을 보고 듬직한 분이라고 생각했는데, 역시 등이 넓고 따뜻해요."

육영수가 내 등에 얼굴을 기대고 수줍은 듯이 속삭였다. 나는 동화사 입구에서 육영수를 내려놓았다.

"여기가 봉서루입니다."

나는 대구에 대해서는 비교적 상세하게 알고 있었기 때문에 아름다운 약혼녀인 육영수에게 자세히 설명해 줄 수 있었다.

"왜 봉서루라고 불러요?"

"봉서루는 오동나무 숲에 둥지를 튼다는 봉황새를 상징하는 누각입니다."

나는 육영수의 손을 잡고 봉서루를 지나 동화사 경내로 들어갔다. 육영수와 함께 대웅전에 들어가 부처님에게 절을 하기도 했다.

"여기가 내가 다닌 학교입니다."

팔공산에서 내려오자 나는 육영수에게 대구사범학교까지 보여 주었다. 우리가 다닐 때 기숙사로 사용하던 붉은 벽돌 건물은 여전히 고색창연하게 우뚝 솟아 있었다.

"학교가 아주 오래된 것 같아요."

육영수가 교정을 걸으면서 말했다. 가을이라 해가 짧은 탓에 어두워지고 있었다. 중국집에서 저녁식사를 하고, 다음 날 육영수의 가족을 트럭에 태워서 옥천으로 보내 주었다. 나는 육영수가 탄 트럭이 보이지 않을 때까지 손을 흔들며 바라보았다.

어쨌든 육종관의 반대에도 불구하고 결혼을 강행했다. 육종관은 딸의 결혼식에도 참석하지 않아 나를 노골적으로 싫어한다는 표시를 분명히 했다.

'장인어른이 딸의 결혼식에도 참석하지 않다니……'

화가 났으나 어쩔 수가 없었다. 전쟁 중이었지만 대구는 후방이었기 때문에 많은 장교들이 피로연에 참석했다. 특히 사단본부의 장교들이 대거 참석하여 계속 술을 퍼먹이는 바람에 나는 대취했다. 덕분에 어떻게 신혼 초야를 보냈는지 기억조차 희미했다. 그러나 초야에 아내의 가슴에 안겨서 잠을 자던 그날 밤이 내 생애에 있어서 가장 행복한 순간이라고 생각하면서 달고 깊은 잠을 잤다.

이튿날 아침 나는 포근한 이부자리 속에서 부엌에서 덜그럭대는 소리에 눈을 떴다. 아내가 아침 일찍 일어나 아침을 짓고 있었다. 나는 부드러운 그 소리에 마음이 한없이 평화로워지는 것을 느꼈다.

"벌써 일어났어요?"

옷을 입고 마루로 나오자 아내가 부엌에서 나오면서 수줍은 듯이 곱게 미소를 지었다. 아내는 연분홍빛 한복을 입고 있었다.

"눈을 떠보니 당신이 보이지 않아서 어디로 도망갔나 했지."

"전 언제나 당신 곁에 있어요. 그냥 거기 계세요."

"세수를 해야지."

"제가 세숫물 떠다 드릴게요."

아내가 빠르게 부엌으로 들어가 따뜻한 세숫물을 대야에 담아 마루로 가지고 왔다.

"내가 어린애인가? 왜 세숫물을 마루로 가지고 와?"

나는 아내가 떠다 준 세숫물로 푸득푸득 세수를 했다. 그러자 아내는 수건까지 준비하고 있다가 건네주었다. 가슴속으로 마치 꽃바람이 불어오는 것처럼 행복한 아침이었다.

1953년이 되었다. 나는 아내 영수, 어린 딸 근혜와 함께 행복한 나날을 보냈다. 재옥이 가끔 편지를 보내서 같이 살게 해달라고 졸랐

지만 넉넉지 못한 형편 때문에 부탁을 들어줄 수 없었다. 첫 번째 아내와는 간신히 이혼에 성공했고, 영수에게도 그와 같은 사실을 모두 고백했기 때문에 문제는 없었다.

6월이 되자 휴전이 공식화되었다. 이승만 대통령은 기어이 미국으로부터 한미상호방위동맹을 이끌어 내고 반공 포로를 석방했다. 미국은 대노하여 또다시 이승만 대통령을 축출하려고 했으나 무위에 그쳤다.

'미국이 끝내 쿠데타를 지원하지 못하는군.'

나는 결정적인 순간에 미국이 이승만에게 물러서는 것을 보고 웃었다.

이용문 국장은 남부경비사령관으로 발령을 받았다. 남부경비사령부는 전라도 일대를 관할하면서 남원에 사령부를 두고 있었다.

"만난 지 얼마 되지 않았는데 또 헤어지는군. 하기야 만나고 헤어지는 것이 인생 아닌가?"

이용문이 새삼스럽게 나에게 손을 내밀었다. 지난밤에 시인 구상과 함께 술을 마시면서 작별 인사를 했으나 아쉬웠다.

"육군본부가 대구에 있으니까 자주 오시게 될 겁니다."

나는 이용문의 두툼한 손을 두 손으로 힘주어 잡았다.

"그렇지, 다음에 우리 술이나 질펀하게 마시세. 대구에 구상도 있으니 술친구가 좀 좋은가?"

호탕한 웃음을 뒤로 하고 그는 남원으로 내려갔다. 그러나 그것이 이용문의 마지막 모습이 되고 말았다. 그는 남원으로 내려가 남부경비사령부에서 활약을 하다가 휴전이 되기 직전에 사망했다.

나는 광주에서 창설된 3군단 포병단 단장에 임명되어 요원들과 함께 강원도 양구에서 3군 포병단을 창설했다. 3군단장은 강문봉 소장이었다. 그는 나보다 여섯 살이나 아래였고, 만주군관학교 2년 후배였다.

"또 이동이에요? 언제쯤 이사를 가지 않게 되는 건데요?"

아내는 내가 자주 이동하게 되자 불평을 했다.

"나중에 서울로 이사를 합시다. 집은 서울에 두고 왔다 갔다 하면서 살면 되지 않소? 군인은 자주 옮길 수밖에 없소."

나는 헤어져야 하는 것을 아쉬워하는 아내의 등을 두드려 주면서 위로했다. 군인은 끝없이 전출을 다녀야 했다. 나와 결혼한 지 2년밖에 안 되었지만 이미 여러 차례 이사를 했던 것이다.

아내와 작별 인사를 하고 강원도 양구를 향해 달렸다. 여름이었지만 지프차에 앉아 있으니 바람결이 제법 시원했다. 나는 운전병에게 지프차를 세우게 하고 잠시 계곡을 따라 흐르는 맑은 시내를 내려다보았다. 며칠 전 소나기가 내린 덕분인지 계곡에는 시원한 물줄기가 쏟아져 내려오고 있었다.

"세수나 하고 갈까?"

나는 손희선 중위를 돌아보며 물었다.

"예."

손희선 중위가 나를 따라 계곡으로 내려왔다. 나는 계곡에서 한바탕 세수를 한 뒤에 다시 지프차에 올라탔다. 강원도로 깊이 들어갈수록 더위는 사라지고 시원해졌다.

"전쟁만 아니면 강원도가 살기 좋을 텐데……."

제3군단 포병단 사령부는 모든 것을 처음부터 준비해야 했다. 나는 참모장을 선임하고 군수참모로 김재춘 중령을 불러들였다. 야전군 사령관들은 대개 자신이 좋아하는 부하들을 데리고 다니는 게 편했다. 운전병에서부터 당번병은 물론이고 전속 부관까지 데리고 다닐 뿐 아니라 참모들도 데리고 다니는 것이 관례였다.

"휴전이 곧 조인될 것 같습니다."

포병단 창설 작업을 한창 진행하고 있을 때 김재춘 중령이 보고했다.

"그렇다고 전쟁이 아주 끝나는 것은 아니야."

나는 잠시 생각에 잠기면서 말했다. 어느 사이에 전쟁이 발발한 지 3년이 되었다.

7월 27일, 마침내 휴전 협정이 조인되었다. 나는 3년 동안의 전쟁이 종식되었다고 생각하자 착잡한 기분에 사로잡혔다. 나는 운이 좋아 살아남았으나 국군 전몰자는 약 32만 명에 이르렀고 유엔군은 약 5만 8,000명이나 전사했다. 부상자는 83만 명에 이르렀다. 인민군과 중공군의 전사자는 약 200만 명에 달한다고 보도되었다.

휴전이 되자 아내와 함께 서울로 이사했다. 방이 두 개 있는 동숭동 집을 월세로 얻었다. 그러나 집이 너무 허름했기 때문에 보문동에 방 세 칸짜리 집을 다시 얻어 이사했다.

"자네가 웬일이야?"

김재춘은 툭 하면 나를 찾아왔다. 포병단 군수참모로 있던 그는 광주로 전출되면서 대령으로 진급해 있었다.

"서울에 왔다가 참모장님 뵈러 왔습니다."

그는 여전히 나를 참모장이라고 부르고 있었다.

"그럼 술이나 마실까?"

"예, 좋습니다. 포병단 생활은 어떻습니까?"

"포병단이야 엘리트 코스지."

집이 좁은 관계로 김재춘을 술집으로 데리고 갔다. 가벼운 얘기를 몇 마디 나누고 술잔을 두어 번 돌리자, 김재춘이 탄식을 내뱉었다.

"정치가 점점 부패하는 것 같습니다. 이승만 대통령은 이기붕을 총애하여 모든 정치가 서대문에서 이루어진다는 말이 파다하게 나돌고 있습니다."

"정치야 오래전에 썩은 것 아닌가?"

"젊은 장교들이 난리입니다."

"왜?"

"부패한 정권을 뒤집어엎어야 한다는 것입니다."

"잘못하면 쿠데타 음모로 걸려들 수가 있어."

나는 묵묵히 술을 마셨다. 자유당과 민주당은 사사건건 대립하고 있었고 정부가 무능하고 부패했다는 말이 파다하게 나돌았다.

"8기들 중에 소령으로 진급한 애들이 있습니다. 똑똑한 인재들이 많은 것 같습니다."

"정보국에 있을 때 같이 근무한 애들이 많아. 그건 왜?"

"언젠가 그들이 큰 힘이 될지도 모릅니다."

1953년 11월이 되자 나는 준장으로 진급했다. 마침내 군인의 꽃인 장군이 된 것이다. 동기나 후배들은 이미 오래전에 장군이 되었는데 나만 진급이 늦었다. 3년 전 소령으로 복직했을 당시처럼 장군 진급 명령서를 보자 눈물이 핑 돌았다.

"영수, 나 진급했어."

나는 아내에게 장군 진급 사실을 가장 먼저 알렸다.

"어머나, 축하드려요."

아내가 환하게 웃으면서 말했다.

장군으로 진급한 지 1개월도 지나지 않아 나는 미국 육군포병학교 고등군사반 유학생으로 선발되었다. 그러나 육군 특무대에서 남로당 전적을 문제 삼아 탈락시키려고 했다.

"개새끼들, 누가 가고 싶어서 미국에 가는 줄 알아? 위에서 가라고 해서 가는 건데, 그 따위로 놀면 차라리 군대 그만두겠어."

나는 화를 벌컥 냈다. 미국 유학을 반드시 가고 싶었던 것은 아니었으나 한국에서 군인으로 성공하려면 미국 유학을 다녀오는 것이 여러모로 유리했다.

나는 그날 밤 술에 몹시 취했다. 남로당 경력은 악몽처럼 나를 따라다녔다. 김종필은 이때 육군 정보국에 있었다.

"너무 걱정하지 마십시오. 제가 알아보겠습니다."

김종필 소령은 육군 정보국에 있다가 내가 어려움에 처해 있다는 것을 알고 위로까지 했다.

"알아보기는 뭘 알아봐."

나는 퉁명스럽게 말했으나 김종필은 절친한 친구인 전재구 중령에게 사정을 이야기했다. 전재구 중령은 백선엽 육군참모총장 비서실장으로 있었다. 백선엽 총장이 김창룡에게 전화를 걸어 나의 전력을 문제 삼지 말라고 지시했다. 그렇게 해서 간신히 미 포병학교에 유학을 가게 되었다.

"몸조리 잘해요."

아내는 그때 둘째를 임신 중이었다.

"어려운 일이 있으면 부관에게 말하고……."

나는 임신한 아내가 안쓰러웠다.

"편지할 수 있어요?"

"미국에 도착하는 대로 편지할게."

"돈이 없어서 어떻게 해요?"

"체재비가 나온다니까 너무 걱정하지 마."

"다른 사람들은 달러를 사서 가지고 간다고 하는데……."

아내가 빈손으로 가는 나를 보고 울먹였다.

"거참, 남자가 먼 길 가는데 왜 눈물을 보이고 그래? 내가 언제 돈 가지고 세상 살았나?"

나는 임신 4개월의 아내와 이별을 하고 대구 비행장으로 갔다. 대구 비행장에는 미국 유학을 가는 25명의 포병 장교들이 모여서 웅성거리고 있었다. 대부분 낯이 익은 얼굴들이라 우리는 반갑게 인사를 나누었다.

"그나저나 큰일인걸. 영어를 한마디 할 줄 알아야 미국 놈들과 이 야기를 하지."

포병 장교들은 낯선 나라에 유학을 간다는 사실에 긴장도 하고 흥 분도 하면서 얘기꽃을 피웠다. 나는 장교들의 선임 장교였다. 단장이 라는 명칭을 붙이지는 않았으나 계급이 내가 가장 높았기 때문이었다.

"탑승하시오."

우리는 미군 장교의 지시를 받고 활주로로 나가 군용 비행기에 올 라탔다. 나는 경비행기는 타 봤어도 군용 수송기는 처음이었다. 안전 벨트를 매고 미군 장교의 안전 수칙을 들은 뒤에 잠시 기다리자 비행 기가 이륙하기 시작했다.

"갑자기 치솟으니까 귀가 먹먹한걸."

이한섭 중령이 주위를 돌아보면서 말했다. 비행기가 활주로를 달 리다가 이륙할 때 얼굴이 하얗게 변했던 장교들이 그제야 안심이 된 다는 듯 억지로 미소를 지었다.

"처음에야 그렇지만 곧 괜찮아질 거야."

내가 이한섭 중령에게 말했다.

"장군님은 괜찮으십니까?"

"기압 차이 때문이야. 대관령에 올라갈 때도 갑자기 귀가 먹먹해 지면서 잘 안 들리잖아."

"전 대관령에 올라가 보지 못했습니다."

"뭐야?"

이한섭 중령의 말에 나는 어이가 없어서 웃음을 터뜨렸다.

"장군님은 일본에서 육사를 졸업하셨지요?"

"응."

"그럼 일본에 대해서 잘 아시겠네요?"

나는 일본에 수학여행을 간 적도 있었고 일본의 육사에서 2년간 보내기도 했었다. 그때는 일본이 전쟁 중이라 모든 것이 전시 체제로 바뀌어 있었다. 그러나 일본의 많은 것을 보고 한국이 너무나 낙후되어 있다는 것을 절실하게 깨달은 시간이기도 했다.

"그다지 잘 알지는 못해."

나는 일본 육군사관학교에서 훈련을 받던 일을 아득하게 떠올리며 눈을 감았다.

"바다다!"

그때 포병 장교 중에서 가장 나이가 적은 오정일 소령이 소리를 질렀다. 장교들이 일제히 비행기의 창으로 시선을 옮겼다. 나는 하얀 구름 사이사이로 내려다보이는 파란 바다를 바라보며 속으로 탄성을 내뱉었다. 배를 타고 일본에 갈 때도 망망대해를 보았으나 하늘에서 내려다보는 바다는 전혀 달랐다. 구름은 마치 하얀 띠를 풀어 놓은 것처럼 몰려다니고 있었고, 그 사이로 파란 바다와 섬들이 보였다.

우리는 대구 비행장을 이륙한 지 세 시간여 만에 일본의 요코하마에 도착했다. 그러나 무엇이 잘못되었는지 요코하마에서 긴 시간을 지루하게 기다려야 했다. 나는 숙소에서 시간을 보내기가 지루하여 이한섭 중령과 함께 요코하마와 오사카를 둘러보았다.

미 포병학교 유학단은 일본에서 1주일을 체류한 뒤에야 하와이의 호놀룰루에 도착했다. 하와이는 남태평양이고 기후가 사시사철 여름이었다. 비행기에 급유를 하고 엔진을 정비하는 하루 동안 우리는 호놀룰루를 관광할 수 있었다. 하와이의 중심인 호놀룰루는 오하우섬 남단에 위치한 항구 도시로 하와이의 국왕들이 살았던 이올라니궁전 등 아름다운 건축물들이 자리 잡고 있었고, 남동쪽으로는 야자수가 무성한 와이키키 해안이 펼쳐져 있었다.

"여기가 진주만인가?"

우리는 와이키키 해변을 거쳐 미군의 거대한 해군 기지가 있는 진주만을 살피고 탄성을 내뱉었다.

"일본이 여기를 공습했다고 하여 조선 천지가 난리를 쳤던 현장에 우리가 오다니 꿈만 같습니다."

이상국 대령이 진주만에 정박 중인 거대한 항공모함을 바라보면서 말했다. 1941년 일본이 진주만을 공습할 때 나는 만주군관학교에 있었다. 진주만은 기지가 어찌나 큰지 차를 타지 않고는 돌아볼 수 없었다.

밤이 되자 미군 장교들이 우리를 민속 공연장에 데려가 주었다. 통통하게 살이 찐 하와이 원주민 처녀들이 하와이언 훌라를 추어서 우리를 감탄하게 했다. 우리는 이튿날 다시 호놀룰루 공항에서 비행기를 타고 샌프란시스코에 도착했다. 샌프란시스코는 우리가 상상했던 것보다 훨씬 큰 도시였다. 도시 전체가 빌딩 숲으로 이루어져 있고 차량이 물결처럼 흐르고 있었다. 우리는 샌프란시스코의 한 레스토랑에서 점심을 먹었다.

"미국은 정말 대단한 나라입니다."

이상국 대령이 말했다. 다른 장교들도 모두 기가 질린 표정으로 깨끗한 거리와 활기차게 오가는 사람들을 보고 탄성을 내뱉었다. 상점에는 물건들이 산더미처럼 쌓여 있었다. 나는 미국의 번화한 모습을 보고 별세계에 온 것처럼 놀랐다. 거리를 가득 메운 수많은 차량들, 하늘을 향해 우뚝우뚝 솟아 있는 빌딩들, 자유롭게 오가는 사람들을 보자 저절로 탄성이 흘러 나왔다. 미국은 전쟁을 치렀는데도 부가 넘치고 있었다.

"중국만 큰지 알았더니 미국은 더욱 큰 것 같습니다."

이한섭 중령도 거리의 풍경에서 눈을 떼지 못한 채 말했다.

"큰 것이 문제가 아니라 기술이 발달해 있다는 점을 알아야 해. 미국은 우리나라보다 50년은 앞서 있는 것 같아."

우리가 교육을 받아야 하는 포병학교는 오클라호마의 포트실에 있었다. 우리는 샌프란시스코에서 1박을 한 뒤에 로스앤젤레스로 가서 열차를 탔다. 열차도 한국과 달리 좌석이 깨끗했고 속도가 빨랐다. 땅덩어리가 얼마나 큰지 기차는 이틀이나 달려서 포트실에 이르렀다.

"가도 가도 푸른 풀밭뿐이니 도대체 얼마나 넓은 땅입니까?"

이한섭 중령은 미국이 축복을 받은 나라라고 부러워했다.

우리는 포트실에서 간단한 입교식을 마치고 방을 배정받아 이튿날부터 교육받기 시작했다. 포병학교의 교육은 한국 포병학교와 크게 다르지 않았다.

나는 포트실에서 체재비로 월 150달러씩 받았다. 그러나 그 돈으로 한 달을 생활하기엔 많이 부족했다. 미국은 한국과 달리 물가가 비쌌다. 나는 교육받는 시간 외에는 아내에게 편지를 쓰거나 책을 읽었다. 일요일 외출 때는 돈을 아끼기 위해 점심을 굶었다.

그래도 미국에 대해 많은 것을 배울 수 있었다. 미국에서의 생활은 이국적인 풍경이기는 했지만 나날이 새로웠다. 미국인들의 생활 습관이나 미국의 정치와 사회에 대해 배울 것이 너무나 많았다. 미국인들은 모든 것을 긍정적으로 생각했고, 동양의 작은 나라에서 온 우리들을 친절하게 대해 주었다.

'민주주의라는 것이 이런 것이구나.'

일본식 교육에 젖어 있던 나는 이런 미국을 보자 나도 모르게 위축되는 것을 느꼈다. 나는 미군 장교들과 친밀하게 지내지 않았다. 무엇보다 영어로 미군 장교들과 대화할 만한 수준이 안 되었기 때문에 이야기를 나눌 수 없었다. 영어가 능통하지 못해 매우 곤란했다.

"여러분들은 미국 사람들이 어떻게 사는지 볼 필요가 있습니다. 한국 군인들을 대표해서 온 분들이니 우리 미국 가정에 대해서도 알았으면 합니다."

어느 날 포병학교 교장인 윌리엄 소장이 말했다. 우리는 포트실에 살고 있는 민간인들의 집에 가서 사흘씩 거주해야 했다. 한국 군인들에게 미국을 알리기 위한 프로그램 중 하나였다.

"말도 통하지 않는데 어떻게 하라는 거야."

한국군 장교들이 일제히 웅성거렸다. 그러나 미국에 왔으니 미국인들의 지시를 따르지 않을 수 없었다. 나는 포트실에서 병원을 하는 그레이엄 크리스토퍼라는 40대 사내의 집에서 1주일을 지내게 되었다. 그는 부인 헬렌을 비롯하여 고등학교에 다니는 두 딸과 초등학생인 아들과 함께 살고 있었다. 제2차 세계대전 때는 패튼전차군단에서 의무관으로 근무한 적도 있는 사내였다.

"환영합니다."

크리스토퍼의 가족들은 나를 반갑게 환영해 주었다. 나는 서툴지만 간단한 영어로 폐를 끼치게 되었다는 인사를 했다. 그의 두 딸과 아들도 나에게 악수를 청하면서 반가워했다.

포트실은 미국의 유명한 포병학교였다. 곳곳에 건물이 있었을 뿐 아니라 각종 포사격 교육을 받는 장소가 여러 지역에 산재해 있었다. 우리는 포를 직접 발사하면서 교육을 받았다.

포트실에 온 지 4개월이 되자 찬바람이 무섭게 휘날리던 대구 비행장에서 비행기를 타던 일이 떠올랐다. 포트실은 축복을 받은 땅이었다. 봄여름이 구별되지 않을 정도로 날씨가 따뜻했다. 나는 책을 들고 교정을 산책하면서 고향을 생각했다.

마침내 포트실에서의 6개월이 지났다. 나는 귀국하기 전날 밤 잠을 설쳤다. 6개월 동안의 길고 지루한 미국 생활을 마치고 귀국한다고 생각하자 가슴이 설레었다.

'미국은 축복을 받은 나라다. 미국인들은 모두 행복하게 잘살고 있는데 우리는 너무나 가난하지 않은가?'

가난한 우리나라를 생각하자 가슴이 타는 것 같았다. 우리는 6월

24일 시애틀에서 미 공군 수송기를 타고 귀향길에 올랐다. 미 공군 수송기는 쉬지 않고 태평양 상공을 날아서 일본에 도착했다. 요코하마에서 하룻밤을 잔 뒤 배를 타고 인천으로 향했다.

나는 인천에 내리자마자 얼굴을 찡그렸다. 우리의 조국은 선진국인 미국에 비해 너무나 낙후되어 있었다. 잿빛의 허름한 집들, 정돈되지 않은 길과 우마차, 남루한 행인들의 옷차림, 굶주림으로 앙상하게 마른 사람들을 보자 '이것이 우리의 현실이구나' 하는 생각이 들었다. 나는 미국의 화려한 도시와 우리나라를 비교하면서 하루빨리 경제 개발이 이루어지지 않으면 안 된다고 생각했다.

아내는 만삭이었다.

"고생하셨지요? 배가 불러서 마중을 나가지도 못했어요."

"잘했소, 당신이 나보다 더 고생했을 거요."

나는 아내의 손을 잡고 감격적인 해후를 했다.

"집에 있는 제가 무슨 고생을 했겠어요? 미국은 어땠나요?"

나는 말이 많은 사람이 아니었으나 아내를 벽에 비스듬하게 기대 앉게 한 후 미국 이야기를 들려주었다. 아내는 내 어깨에 얼굴을 기대고 행복한 표정으로 이야기를 듣다가 잠이 들었다.

'세상에서 가장 아름다운 여자가 임산부라고 하더니 그 말이 틀림이 없구나.'

나는 아내가 새근거리면서 잠자는 얼굴을 보고 가슴 뭉클한 사랑을 느꼈다. 그렇게 한국에 돌아온 지 사흘째 되는 날 아내는 둘째 딸 근영이를 낳았다.

"장군님, 어떻게 버터 좀 많이 드셨습니까?"

내가 귀국했다는 말을 듣고 동기생들과 8기생들이 몰려와 축하 인사를 했다.

"버터보다 빵과 고기를 많이 먹었어. 그 나라는 고기가 넘쳐나더군."

내가 김재춘 대령을 보고 말했다.

"미국은 자동차와 빌딩이 숲처럼 많다면서요?"

"한번 가봐. 보지 않으면 설명을 할 수가 없어."

나는 귀국한 지 얼마 되지 않아 2군단 포병단장으로 임명되었다. 2군단장은 장도영 중장이었다. 그러나 2군단 포병단장을 맡은 지 얼마 되지 않아 이번에는 광주포병학교 교장으로 발령이 났다. 나는 광주에서 모처럼 평화로운 나날을 보낼 수 있었다. 포병학교에는 교장 관사가 따로 있었기 때문에 서울에서처럼 셋방살이를 하지 않아도 되었다.

1년이 지나자 제5사단 사단장이 되었다. 제5사단은 강원도 양구에 있었다. 아내는 아이들을 데리고 서울로 올라왔다. 양구는 미국에 가기 전에도 있었기 때문에 낯익은 지방이었다. 내가 제5사단 사단장으로 있을 때 잊지 못할 사건이 발생했다. 3군단은 2월이 되면서 지휘부 기동 훈련을 실시했다. 강원도 인제군 북면 송학리에 있던 제5사단 사령부도 지휘관들과 참모들이 집결하여 비상 훈련을 실시하고 있었다. 바깥에는 2월인데도 눈이 펑펑 내리고 있었다. 전날부터 시작된 눈이었다.

"눈이 이렇게 많이 오면 훈련을 어떻게 하지?"

나는 전속 부관과 부사단장을 거느리고 제8연대 3중대가 관할하고 있는 전방의 고지로 올라갔다. 자욱한 눈발로 인해 첩첩연봉들의 지척이 보이지 않았다.

"2월인데 얼마나 오겠습니까?"

부사단장이 대답했다.

"아니야, 엄청 많이 오고 있어. 고지에서 고립되지 않도록 통신에 바짝 신경을 쓰게 해."

나는 지휘봉으로 첩첩연봉을 가리키면서 연대장에게 지시한 후 사단본부로 내려왔다. 사단본부는 기동 훈련 때문에 참모들이 전부 모여 있었다. 나는 참모들과 함께 군단 차원의 기동 훈련에 뒤지지 않기 위해 회의를 거듭했다. 회의를 마치고 밖으로 나오자 눈이 이미 무릎까지 쌓여 있었다. 나는 눈이 사람을 해치리라는 것은 추호도 생각지 못했다. 눈은 사흘 동안 계속 내려 마침내 1미터가 넘게 쌓였다. 5사단 휘하의 예하 부대와 연결되는 전화가 폭설로 두절되기 시작했다. 사흘 동안 내린 눈이 그쳤을 때 전방의 눈은 1미터를 넘어 2미터나 쌓였다. 사단 상황실 앞에도 눈이 1미터나 쌓였다. 나는 폭설이 심각하다고 판단하고 군단장에게 전화를 걸어 훈련 중지를 요청했다.

폭설은 강원도 대부분 지역에 쏟아져 군단장도 사태의 심각성을 인식하고 훈련을 중지하라는 명령을 내렸다. 나는 예하 부대와 연락을 하기 시작했다. 그러나 예하 부대의 통신은 대부분 두절되어 있었다. 나는 눈이 그치자마자 본격적인 구조 작업과 제설 작업을 실시했다. 곳곳의 부대들이 고립되어 구조를 애타게 기다리고 있었다. 나는 헬리콥터를 타고 다니면서 식량을 공급하고 부상자들을 후송했다. 폭설에 의한 피해는 엄청나게 컸다. 우리 사단 36연대 7중대 소속 소대장 이규홍 중위를 비롯하여 여덟 명의 사병이 눈 속에서 얼어 죽었고 사단 전체에서는 폭설로 죽은 장병들이 59명이나 되었다. 나는 폭설 때문에 그토록 많은 장병들이 얼어 죽었다는 생각에 망연자실했다.

정일권 참모총장이 시찰을 나왔다.

"각하, 죄송합니다."

나는 정일권 총장에게 비통한 심정으로 보고했다.

"그래도 박 장군이 있었기에 이 정도로 그친 거요. 천재天災니까 너무 자책하지 마시오."

정일권 총장은 오히려 나를 위로했다.

4월에 부르는 노래

　자서전은 매우 자세하게 씌어 있었다. 이강호는 1979년 박정희와 정미경의 대화에 깊은 감동을 받았다. 사람들은 때때로 조국에 대해서 잊고 산다. 1979년 당시만 해도 사람들이 조국과 충성을 중요하게 생각했다. 특히 군인들은 나라를 위해 목숨을 바치는 것을 당연한 것으로 생각했다. 그러나 지금은 대통령 후보들조차 국가 안보에 대해 일체의 비전을 갖고 있지 않은 것 같았다.

　2012년 대통령 선거를 코앞에 두고 있는 정국은 한 치 앞을 내다볼 수 없을 정도로 혼미했다. 민주당 경선에서 문재인이 50% 지지율을 넘어 압도적인 표차로 선두를 유지하며 공식적인 야당 후보가 되었다. 문재인은 민주당 대통령 후보 경선에서 승리한 후에 수락 연설을 하면서 소통과 화합을 내세웠다. 그는 경선에 참여했던 손학규, 김두관, 정세균 후보와 손을 잡고 정권 재창출을 할 것이며 안철수와 반드시 단일화를 이뤄 낼 것이라고 주장하여 지지자들의 열광적인 환호를 받았다.

민주통합당 후보 문재인은 다음 날 아침 서울 동작동 국립현충원을 방문했다. 현충원에는 가랑비가 내리고 있었다. 문재인은 가랑비를 맞으며 현충탑에 헌화하고 김대중 전 대통령의 묘역을 참배했다.

'사람이 먼저인 세상을 만들겠습니다.'

문재인은 방명록에 서명을 마치고 다른 대통령들의 묘역에는 참배하지 않고 베트남전에 참전했다가 전사한 사병들의 묘역에 헌화했다.

"박정희 대통령 묘역에는 참배를 하지 않네."

기자들이 일제히 웅성거렸다.

"대신 사병 묘역에 참배했잖아?"

"결국 야당 지지자들만 가지고 선거를 치르겠다는 거 아니야?"

기자들의 이야기를 들으며 이강호의 기분은 더 착잡했다. 문재인은 박정희를 용납하지 못하는 것이 아니라 지지자들을 결집시키기 위해 박정희 묘역에 참배하지 않은 것이 분명했다. 중국은 일본과 영토 문제로 분노하고 있었다. 일본의 노다 총리가 센카쿠 열도를 국유화하자 중국은 분노했고, 중국인들이 일본 제품 불매 운동을 벌이는 등 연일 시위를 벌이고 있었다. 텔레비전을 통해 중국인들의 거대한 분노를 본 이강호는 가슴이 답답해져 왔다. 일본 총리는 센카쿠 열도 문제로 중국과 충돌하고, 독도 문제로는 한국과 충돌하고 있었다. 대통령이 독도를 방문하자 일본이 발칵 뒤집혀 일본 우익이 연일 한국을 비난하는 데모를 벌이고 있었다.

'영토 문제는 자칫하면 전쟁으로 발전한다. 후보들은 영토 문제에 대해 어떤 비전을 갖고 있을까?'

이강호는 대통령 선거 후보들이 독도 문제나 이어도 문제를 언급하지 않는 것을 보고 놀랐다. 그들은 국가 안보 문제에 전혀 관심이 없었다. 그들 중에 누가 대통령에 당선되어도 이런 문제에 봉착한다면 나라가 위험해질 것이라고 생각했다.

중국과 일본은 무섭게 군비 증강 경쟁을 벌이고 있었다.

"이무영 소령이 외국에서 죽었다고 하는데 국립묘지에 묻혀야 하지 않습니까?"

그날 밤 이강호는 김주승에게 전화를 걸어 애국심을 자극했다.

"그 사람이 어디에 묻혀 있는지 알고 있소?"

"예."

"그럼 한번 만납시다."

"어디서 뵐까요?"

"국립묘지에서 봅시다. 내일 3시 어떻소?"

"좋습니다."

이강호는 다음 날 오후 3시에 다시 국립묘지로 갔다. 김주승은 박정희 대통령의 묘역 앞에서 기다리고 있었다. 작은 키에 머리가 완전히 백발이었다.

"그래, 나를 보자고 한 이유가 뭐요?"

김주승은 인사를 나누자마자 단도직입적으로 물었다.

"자주국방에 대한 것입니다."

"전술핵에 대한 것이겠지."

"예, 그 작전이 실제로 존재했는지 알고 싶습니다."

이강호는 김주승을 조심스럽게 살폈다.

"실제로 존재했소."

"신군부가 왜 이무영 소령을 죽이려고 했습니까?"

"CIA의 지시였을 거요. 나는 그렇게 생각하오."

"그럼 대통령의 시해는 어떻게 된 것입니까?"

"김재규의 진술을 잘 생각해 보시오. 민주주의를 위해 시해했다고 주장했는데 누가 그 말을 믿을 수 있겠소? 명색이 중앙정보부 부장이오. 그렇게 시해를 해서 민주주의가 이뤄지겠소? 시해한 뒤에 아무런 준비도 하고 있지 않았소. 중앙정보부가 정권을 잡으려는 어떤 시도도 없었다는 말이오. 그렇다면 왜 시해를 했느냐? CIA가 사주를 하지 않으면 불가능하오."

"미국이 사주했다는 증거는 있습니까?"

"그런 증거가 어떻게 남아 있겠소? 카터 대통령이 양심 고백을 하겠소? 글라이스틴 미국대사가 양심 고백을 하겠소? 그 정도 거물급 인물들이 양심 고백을 하지 않으면 어떤 증거가 있다고 해도 믿지 않을 것이오."

김주승은 박정희 묘역을 감격스러운 모습으로 살피고 있었다.

"실은 국립묘지 참배는 처음이오."

"예?"

"이분이 시해당한 뒤에 나도 분노에 휩싸였었소. 조국이 우리를 배신했다고 생각했소."

"무슨 말씀입니까?"

"이무영 소령이 신군부에 당하는 것을 보고 비통했소. 국가의 명령을 수행한 사람을 그렇게 다루다니⋯⋯."

김주승의 눈에 눈물이 괴어 왔다. 이강호는 그가 회한에 잠기고 있는 것이라고 생각했다.

"대통령 후보들이 요즘 하는 꼬라지들 좀 보시오."

"예?"

"센카쿠 열도 문제로 중국이 벌 떼처럼 일어나고 있지 않소? 노다 총리는 독도를 자기네 땅이라고 주장하고⋯⋯ 과거에 일본 정권이 사과했던 것도 잘못이라고 말하고 있소. 그들은 항공모함과 이지스함을 동원하여 무력을 과시하고 있소. 만약에 이러다가 영토 분쟁이라도 일어나면 어떻게 하겠소?"

"이무영 소령에 대해 자세히 이야기해 주십시오."

"내가 그 작전을 알게 된 것은 10·26 이후였소. 어느 날 정미경 중위가 찾아와서 이무영 소령을 살려달라며 웁디다. 나는 이무영 소령이 국방부 정보국에서 근무하다가 갑자기 청와대로 파견 근무를 나갔다고 하여 그런 줄만 알았소. 이무영 소령이 M캡슐을 인수하러 대통령의 특별 명령을 받고 미국에 간 것은 정미경 중위를 통해 알았소. 이무영 소령이 M캡슐을 가져왔는데 신군부에 의해 총살당하게 되었다며 정미경 중위가 다급하게 얘기해 줘서 알았소."

"재판도 받지 않고 말입니까?"

"재판은 무슨 재판이오? 첩보사령부 지하에 갇혀 온갖 고문을 당하고 있었소. 그런데 더욱 비참했던 것은 신군부가 이무영 소령을 총살시키려 하고 있던 것이었소."

"어떻게 재판도 하지 않고 총살을 시키려고 했습니까?"

"70년대에는 그랬소. 지금과는 상황이 다르오."

"그래서 어떻게 되었습니까?"

"나는 동기들을 만나서 설득했소. 이무영 소령이 국가에 충성하다가 죄 없이 갇혀 있다고…… 그를 살려야 한다고 설득했소. 조국에 충성하는 것이 죄라면 누가 충성을 다하겠느냐고…… 군의 장교들이 모두 반대했소. 자칫하면 젊은 장교들이 들고 일어날 조짐을 보이자 신군부가 손을 들었소. 결국 그는 정신병원에 보내졌소. 거기서 몇 년 동안 갇혀 있다가 죽을 지경에 이르자 석방되었소."

이강호는 김주승이 비통해하는 이유를 알 수 있을 것 같았다. 그가 비통해하는 이유는 조국이 배신했기 때문이다. 그들의 뇌리 속에는 철저하게 군인 정신이 박혀 있었다. 이강호는 박정희도 철저히 군인 정신으로 무장한 사람임을 생각하면서 자서전에 기록된 그의 군인 생활을 다시 떠올렸다.

* * *

폭설로 인해 5사단을 비롯해 여러 곳에서 많은 장병들이 죽자 자연재해가 얼마나 무서운지 실감할 수 있었다. 그때 이후 전방 부대에

폭설과 폭우에 대비하도록 경계하는 것을 잊지 않았다. 나는 사단 훈련을 마친 뒤에는 항상 부하들과 술을 마셨다. 전쟁은 끝났으나 국민들은 고통스럽게 살고 있었다. 전쟁은 모든 것을 폐허로 만들었고 국민들은 먹고살 것이 없었다. 군대도 예외가 아니었다. 직업군인이라고 할 수 있는 고위 장교들조차 월급이 턱없이 적었다. 사단장이나 참모장들 봉급이 쌀 한 가마도 되지 않았다. 이에 많은 장교들이 군수품을 빼돌리거나 후생 사업을 벌여 생계를 해결해야 했다. 군대에서의 후생 사업은 사단에 배정된 트럭을 민간인들에게 대여하여 대여료를 받거나 병사들에게 숯을 굽게 하여 파는 것이었다. 부정을 저지르지 않는 장교들은 굶주리면서 살아야 했다. 나 역시 봉급이 얼마 되지 않아 아내 또한 항상 궁색하게 살았다. 게다가 받는 봉급 중 절반은 부하들과 술을 마셨기 때문에 더욱 돈이 부족했다.

부정은 군대에만 만연해 있는 것이 아니었다. 공무원들과 각계각층에도 부정이 만연했고 정치권은 극도로 타락했다. 이승만 정권은 정권을 유지하기 위해 또다시 부정 선거를 획책했다. 이승만은 인의 장막에 둘러싸인 채 이기붕을 총애해 제3대 정·부통령 선거에 부통령으로 출마시켰다. 민주당에서는 신익희와 장면이 정·부통령 후보로 출마했다.

선거는 치열하게 전개되었다. 전쟁이 끝나고도 효과적으로 경제를 살리지 못한 이승만 정권은 국민들에게 신임을 잃었고 거리에는 굶어 죽는 사람들이 허다했다.

"이승만이 부정 선거를 획책하고 있어."

나는 사단장이었으나 이승만 정권에 불만을 갖고 있었다. 육군본부의 엘리트 장교들 대부분이 이승만의 독재 정권을 비난했다.

"군대에서도 이승만을 찍으라고 난리입니다."

윤필용 군수참모가 말했다.

"우리 사단 참모들은 이번 선거에 대해서 기탄없이 발언하라!"

나는 참모회의를 소집하여 참모들의 의견을 들었다.

"군단장님께서 이승만 대통령을 찍으라고 하니 명령에 따라야 합니다."

군단장은 송요찬 중장이었다.

"이승만 대통령이 또다시 당선되면 우리나라는 더욱 혼란에 빠집니다."

참모들은 명령에 따라 부정 선거를 해야 한다느니, 하면 안 된다느니 하면서 격렬하게 대립했다.

"군대는 상명하복이 아닙니까?"

"좋아, 나는 선거에 대해서는 엄정하게 중립을 지키겠다. 참모들은 각자 알아서 선거에 임해라."

나는 참모들 앞에서 선언했다. 참모들이 일제히 웅성거렸으나 일체 선거에 개입하지 않을 작정이었다. 전국은 선거 열풍에 휘말렸고 군대도 선거 바람에 휩쓸려 들어갔다. 민주당은 '못 살겠다. 갈아 보자'라는 구호를 내세워 서민들을 파고들었다. 자유당은 '구관이 명관이다'라는 구호를 내세워 국민들을 선동했다.

"박 장군, 장군은 어떻게 할 거요? 대통령을 도와주어야 할 거 아니오?"

송요찬 군단장이 나에게 명령을 내렸다.

"그건 안 됩니다."

나는 단호하게 잘라 말했다.

"아니, 박 장군. 왜 안 되는 거요?"

"참모들이 반대하고 있습니다."

"군단장이 명령을 해도 안 된다는 말이오?"

송요찬 군단장이 소리를 버럭 질렀다.

"군단장님, 군단장님 입장이 난처하시다는 것은 알고 있지만 병사들에게 부정을 행하게 할 수는 없습니다."

나는 군단장의 명령을 거절했다. 그러자 군단장이 5사단을 직접 방문하여 장교들에게 명령을 내렸다. 그때 민주당 대통령 후보 신익희가 호남 지역 유세를 벌이기 위해 호남선 열차를 타고 가다가 이리역에서 급서했다는 소식이 들려왔다. 전국은 신익희를 애도하는 물결로 넘쳤다.

'아, 신익희 후보가 갑자기 죽다니…… 대통령은 하늘이 낸다는 말인가?'

나는 비통했다. 참모들도 침통한 표정을 짓고 이승만이 운이 따르는 모양이라고 탄식을 했다.

"야당의 대통령 후보 신익희는 죽었다. 그러니 누구를 찍겠는가? 대통령은 이승만, 부통령은 이기붕을 찍어라! 거역하는 자는 지휘관을 문책하겠다."

야당의 신익희 후보가 죽자 참모들은 자포자기의 심정이 되었다. 그들은 위에서 이승만과 이기붕을 찍으라고 강력하게 명령을 내리자 지휘관들에게도 같은 명령을 반복했다. 지휘관들은 사병들이 이승만과 이기붕을 찍는지 일일이 감시했다. 사병들은 지휘관들이 감시하는 가운데 이승만과 이기붕을 찍어 99퍼센트의 득표율을 기록했다. 그러나 국민들은 달랐다. 자유당의 관권 선거와 금권 선거가 극에 이르렀으나 국민들은 부통령에 장면을 당선시켰다. 나는 부통령에 장면이 당선된 것만 해도 다행이라고 생각했다. 장면이 유순하다고 생각했었으나 휴전 전에 이승만을 축출하고 그를 추대하는 쿠데타를 모의하기도 했었다.

사단장으로 사단을 이끌어 가는 것은 어려운 일이었다. 내가 5사단 사단장으로 근무할 때도 잡다한 사고들이 자주 발생했다. 특히 이런저런 이유로 월북하는 사병들이 있었다.

"큰일 났습니다. 우리 소대장이 월북했습니다."

정·부통령 선거가 끝나고 며칠 되지 않았을 때 장교가 월북하는 사건이 발생했다. 사병이 아닌 장교가 월북하는 일은 드물었기 때문에 나는 사단에 비상을 걸었다. 나는 전속 부관 한병기를 데리고 초소로 달려갔다. 대위로 진급하여 전방의 중대장으로 배치된 송재천 대위의 후임으로 나의 전속 부관이 된 한병기 중위는 키가 크고 눈매가 깊은 사내였다.

"야, 이 새끼야. 어떻게 된 거야?"

나는 군화로 중대장의 정강이를 걷어차며 물었다. 사방은 이미 캄

캄하게 어두워져 있었다.

"소대장이 사병 1명을 데리고 월북했습니다."

중대장이 엎어졌다가 일어나며 큰 소리로 대답했다.

"이유가 뭐야?"

"애인이 변심을 한 것 같습니다."

"사상 문제는 없어?"

"예, 사상 문제는 아닙니다."

벌써 북한 초소에서 확성기로 소대장과 당번병이 입북했다고 선전을 하고 있었다. 불과 하루 전만 해도 우리 부대 장교였던 소대장이 북한에 넘어가 있다는 생각을 하자 씁쓸했다.

"남조선 군인 동무 여러분, 이번 정·부통령 선거는 추악하고 극심한 부정 선거였습니다. 여러분들의 양심은 배신당하고 정의는 사라졌습니다. 남조선 괴뢰 도당을 비롯하여 제5사단장 박정희와 전 장교들이 동무 여러분들에게 부정 선거를 하게 했습니다. 부패하고 타락한 남조선 군대에서 고생하지 마시고 북조선으로 넘어오십시오. 우리는 동무 여러분들을 따뜻하게 환영할 것입니다."

확성기에서 흘러나오는 방송을 들은 나는 대응 방송을 하도록 지시했다. 남북한이 총부리를 들이대고 있는 것도 모자라 확성기로 비방을 하는 것은 어제오늘 일이 아니었다.

소대장 숙소에 가 보니 나에게 남긴 편지가 있었다.

박정희, 이번 선거가 얼마나 부정했는지 잘 알고 있을 것이다. 우리는 머지않아 정의의 군대를 이끌고 돌아와서 너를 심판할 것이다.

소대장이 남긴 편지를 읽은 나는 얼굴이 붉어졌다. 나는 소대장이 실연뿐 아니라 부정 선거에도 실망하여 북으로 넘어갔다는 사실을 알 수 있었다.

"사단장님, 저희에게도 편지를 남겼습니다."

연대장이 편지지 한 장을 나에게 꺼내면서 말했다.

"뭐라고?"

"연대장, 네가 부정 선거를 했다는 것을 잘 알고 있다. 우리는 돌아와서 너희들을 심판할 것이다."

"나하고 똑같은 내용이군."

나는 쓴웃음이 나왔다. 소대장은 중대장에게도 같은 내용의 편지를 남겼다.

"이 중령, 기분도 그런데 술이나 마시러 가지."

나는 소대장의 월북을 군단에 보고하고 사단 사령부를 나왔다. 작전참모 이근섭 중령과 군수참모 윤필용 중령이 따라 나왔다. 전속 부관 한병기 중위까지 데리고 나는 사단본부 근처의 술집으로 갔다.

"부정 선거 때문에 장교들이 월북까지 하고, 이거 큰 문제야."

나는 술을 마시면서도 기분이 좋지 않았다.

"군대의 선거라는 것이 다 그런 건데 우리가 어떻게 하겠습니까?"

이근섭 중령이 한심하다는 듯이 말했다.

"대학을 나온 애들은 그렇지가 않아. 정의가 뭐고 민주주의가 뭔지 알고 있어. 월북한 소대장도 대학 출신인지?"

"예, 대학 출신입니다."

그때 5사단 헌병부장이 헐레벌떡 술집으로 뛰어 들어왔다.

"큰일 났습니다."

헌병부장이 숨이 턱에 차서 소리를 질렀다.

"뭐가 큰일이야? 인민군들이 쳐들어오기라도 한 거야?"

"사단사령부 조규동 소위가 탈영을 했습니다."

"탈영을 했으면 잡아오면 되지 뭐가 큰일이야. 앉아서 술이나 마셔."

"사단장님, 그게 아닙니다. 그놈이 서울에서 양심 고백을 했답니다."

"양심 고백이라니?"

"우리 5사단이 부정 선거를 했다고 〈조선일보〉에 가서 털어놓았다는 겁니다. 특무대에서 알고 바로 우리 사단 헌병대로 연락을 해왔습니다."

"젠장!"

나는 헌병부장에게 조규동 소위를 연행하여 조사하게 했다.

"대체 사단이 어떻게 돌아가는 거야? 군기가 이렇게 풀리면 어떻게 해?"

나는 화를 벌컥 냈다. 그날 술자리는 유쾌하지 않아 대취하고 말았다. 이튿날 헌병부장이 조규동 소위를 곧바로 연행하여 구속하려고 했다.

"양심 고백을 했어도 우리 사단이 부정을 저질렀다고 신문에 나지 않았으니까 다행이야. 아무도 다치지 않았으니 괜히 문제 확대시키지 마."

조규동 소위가 찾아가서 양심 고백을 한 〈조선일보〉에선 군대의 부정 선거를 보도하긴 했으나 5사단을 명시하지 않아 화를 면할 수 있었다.

"솔직히 조규동 소위를 처벌하는 것은 옳지 않습니다. 우리도 잘 못된 지시를 한 책임이 있습니다."

"그렇습니다. 조 소위는 사실 훈장감입니다."

참모들은 조규동 소위에게 동정적이었다.

"젊은 장교가 뭘 알겠어? 군인이 해야 할 일이 있고, 하지 않아야 할 일이 있다는 것을 알려면 나이가 들어야지. 이 중령이 집에 데리고 있으면서 선도하시오."

나는 이근섭 중령에게 조규동 소위를 타이르라고 말했다. 이근섭 중령은 집이 좁아서 조규동 소위를 장교 숙소에 머물게 했다. 나는 조규동 소위가 충분하게 쉬었다고 판단되자 사단장실로 불렀다.

"조 소위, 사단장이 부정 선거를 하고 싶어서 했다고 생각하나? 우리도 자네만치 열정이 있고 부정부패를 싫어하고 있어. 그러나 군단장이 시키니 어쩔 수가 없었던 거야. 만약 조 소위가 연대장이었으면 조 소위도 부정 선거 지시를 거부할 수 없었을 거야. 우리나라가 언제까지나 이렇게 되지는 않을 거야. 그러니 인내하면서 자중하기를 바라네."

나는 조규동 소위를 처벌하지 않고 계속 근무하게 했다.

'그래, 언젠가는 이 나라를 뒤집어엎어야 돼.'

1956년의 부정 선거에 나는 마음이 울적했다. 그때 일본의 2·26 쿠데타를 생각했다. 물론 그것은 실패한 쿠데타였지만 군지도부의 무능에 대해 생각하게 하는 점이 많았다.

'혁명을 하면 전방의 부대는 어떻게 할까?'

정부 기관을 장악하는 것은 문제가 아니었으나 전방의 부대들이 반란군을 진압하러 내려오면 결국 우리끼리 전쟁을 벌여야 하는 것이다.

나는 1956년의 부정 선거로 인해 군대가 개혁되지 않으면 안 된다 느꼈고 그를 위해서는 부패하고 무능한 정권을 몰아내야 한다고 막연하게 생각했다. 물론 구체적인 쿠데타 계획을 세운 것은 아니었다. 그러나 나도 모르는 사이 쿠데타에 대한 생각이 점점 많아졌다.

조규동 소위 일로 그해 여름 나는 5사단장직에서 해임되어 진해에 있는 육군대학교에 입교하라는 명령을 받았다. 육군대학교는 보통 영관 장교들을 교육시켰다.

"아니, 세상에 장군보고 학생으로 입교하라는 명령을 내리는 군대가 어디 있습니까?"

윤필용 중령이 분개하여 소리를 질렀다.

"여태까지 이런 예가 없었습니다."

"괜찮아."

나는 눈을 질끈 감고 말했다.

"이건 분명히 보복입니다. 정·부통령 선거에 사단장님이 협조를 하지 않아서 좌천시킨 것입니다."

"군인은 명령에 복종해야 돼."

"군대도 숙정되어야 합니다."

이근섭 중령도 불쾌하게 말했다. 나는 전별식에 참여한 뒤에 간단하게 짐을 챙겨서 서울로 올라왔다. 내가 서울에 올라오자 김종필을 비롯하여 8기생들이 일제히 놀러왔다. 나는 그들과 며칠 동안 취하도록 마셨다. 8기생들도 이승만 정권의 부패와 부정 선거를 일제히 성토했다.

나는 육군대학에 입학하여 진해에서 방 두 칸을 빌려 지냈다. 그때는 사단장에게 당번병과 운전병, 전속 부관이 따라 붙어 있었다. 한병기 전속 부관도 따라왔으나 내가 교육을 받고 있는 처지여서 마땅히 할 일이 없었다. 그래서 한병기 중위를 육군본부로 돌려보냈다.

"서울에 우리 집이 있으니까 거기서 출퇴근을 하게."

"감사합니다."

나는 진해에서 야인과도 같은 생활을 했으나 쌀 걱정만 빼고 비교적 편안했다. 학교에서 교육이 끝나면 아내와 함께 아이들을 데리고 황혼 속의 바닷가를 거닐곤 했다.

그러나 아내는 때때로 바가지를 긁었다. 아내가 바가지를 긁을 때면 나도 화를 벌컥 내고 싸웠다. 세상은 아직도 내 뜻대로 되지 않고 있었다.

"왜 당신은 장군이면서도 가장으로서 책임을 다하지 않아요?"

아내는 내가 가장의 책임을 다하지 않는다고 질책했다.

"내가 가장으로서 못한 일이 뭐요?"

"쌀이 떨어지는데도 맨날 술을 마시면 어떻게 해요?"

"내가 술을 먹고 싶어 먹소? 부하들을 만나는데 누가 술값을 내란 말이오?"

"집에 쌀이 떨어져도 술을 마셔야 하는 일이에요?"

"알았으니까 더 이상 얘기하지 마시오."

나는 화를 벌컥 내고 밖으로 나왔다. 멀리 한병기 중위가 떨어져 있다가 눈치를 보고 몸을 돌렸다. 나는 무겁게 한숨을 내쉬고 한병기 중위를 불러 광주 1관구 사령부 참모장으로 있는 김재춘 대령을 찾아가 보라고 지시했다. 한병기 중위는 김재춘 중령에게서 쌀 다섯 가마를 얻어 돌아오다가 헌병에게 들킬까 봐 팔아서 돈으로 가져왔다.

'이렇게 사는 것은 치욕스럽다.'

나는 김재춘에게 여러 번 신세를 졌다. 김포 지주의 아들인 김재춘은 내가 어려울 때마다 도와주는 후배였다. 진해에서의 살림살이는 더욱 궁색했다. 사단장을 맡고 있을 때는 봉급은 적어도 참모들이 알아서 부족한 것을 채워 주었으나, 교육을 받으면서는 그런 일이 전혀 없었다. 장군 봉급이 형편없이 적었기 때문에 쌀이 자주 떨어졌고 아내는 아이들이 굶주리고 있는 것을 보다가 나에게 신경질을 부렸다.

어느 날은 당번병이 나에게 누런 봉투를 내밀었다.

"뭐야?"

"전주에 계신 한웅진 장군님께서 주셨습니다."

한웅진 장군은 나와 육사 동기였다.

"네가 한 장군에게 갔다온 거야?"

"죄송합니다, 쌀이 떨어져서……."

"자식이 왜 시키지도 않는 짓을 하는 거야?"

한웅진 장군이 준 봉투에는 10만 환이 들어 있었다.

"한웅진 장군이 따로 한 말은 없어?"

"제가 찾아갔더니 저를 알아보시고는 아무 말도 하지 못하게 하신 후, 밖으로 나가 둘이 되자 어떻게 된 일이냐고 물으셨습니다. 그래서 장군님이 5사단에 있을 때보다도 더 어렵다고 말씀드렸습니다. 그랬더니 어딘가 다녀오시더니 봉투를 주신 것입니다."

돈 봉투를 아내에게 주었다. 아내는 그날 돼지고기를 사서 당번병과 운전병을 먹였다. 나는 그날도 울적한 심사를 달래기 위해 술을 마셨다.

나는 육군대학을 마치자 7사단장으로 전보되었다. 7사단은 인제에 있었다. 아내는 서울로 다시 이사를 했고 형편은 조금 나아졌다. 아내는 그때 김종필 중령의 집에 있던, 전처와의 사이에서 태어난 큰딸 재옥을 데리고 와서 집에서 같이 살게 했다. 나는 전속 부관이었던 한병기 중위와 딸 재옥을 결혼시켰다. 한병기 중위는 무엇보다도 모가 나지 않았고 집안도 괜찮았다.

내가 7사단 사단장으로 있을 때, 군수참모가 양곡 400가마를 횡령하여 고소당하는 사태가 발생했다. 나는 법무참모 신직수 중령을 불러 자세한 사정을 조사하게 했다. 신직수는 훗날 법무장관과 중앙정보부장을 지냈다. 신직수 중령이 조사를 마친 뒤에 보고서를 가지고 왔다.

"횡령을 했다고는 하지만 자기 혼자 먹은 것이 아니잖아?"

나는 보고서를 모두 읽은 뒤에 신직수 중령에게 물었다. 그 자리에는 윤필용 중령도 참석해 있었다.

"예, 장교들 월급이 워낙 적습니다. 이 중령은 양곡 400가마를 팔아서 장교들에게 배분했습니다."

"그런데 이 중령을 어떻게 처벌해? 내가 그동안 부대에서 가져다 쓴 양곡도 다 합치면 꽤 될 거야. 이 중령을 감옥에 보내지 않는 방법을 찾아봐."

"각하의 고민을 잘 알겠습니다. 어떻게 처리할까요?"

윤필용 중령이 물었다.

"이 중령이 집을 팔든지 하여 변상시키고 파면으로 끝내는 것이 어떨까?"

"좋습니다. 저희들도 그렇게 선처하겠습니다."

윤 중령이 대답했다. 이렇게 해서 이 중령은 양곡을 배상하고 파면만 되었다. 나는 그가 떠나기 전에 술자리를 마련하고 위로했다. 나는 7사단장이 되면서 소장으로 진급했다. 그러나 나는 7사장단을 불과 1년도 하지 못하고 1군사령부 참모장으로 자리를 옮겼다. 1군사령관 송요찬 중장이 나를 참모장으로 발탁한 것이다. 사령부의 참모는 박경원, 최택원, 채명신, 김용순 준장 등 쟁쟁한 군인들이었다. 나는 1군 사령부에서 쟁쟁한 야전군 사단장들을 자주 만날 수 있었다. 해가 바뀌자 다시 6관구 사령관으로 보직을 받았다. 6관구 사령부는 서울을 관할하고 있었다. 나는 참모장에 김재춘 대령을 발탁했다.

"사령관님, 큰일 났습니다."

김재춘 참모장이 사령관실로 뛰어 들어왔다.

"무슨 일이오?"

"또 부대에서 일이 터졌습니다."

"무슨 일이 터졌어?"

"영관 장교들이 부정을 저질렀습니다. 특무대에서 조사를 했는데 부정행위가 꽤 커서 사령관님에게 누가 될 것 같습니다."

나는 김재춘 대령의 보고에 눈앞이 캄캄했다.

"대체 어떻게 된 거야?"

"군복을 빼서 팔았습니다. 잘못하면 사령관님께서 조사를 받게 될 가능성도 있습니다. 아무래도 미리 요로에 손을 쓰는 게 좋겠습니다."

"자네 선에서 안 되나?"

"쉽지 않을 것 같습니다. 대구 출신에 신도환 의원이 있는데 그분에게 선처를 부탁하는 게 좋을 것 같습니다."

상황은 심각했다. 나는 정치인들에게 머리를 숙이는 것이 죽기보다 싫었으나 어쩔 수 없이 신도환 의원을 찾아가지 않을 수 없었다. 신도환 의원은 반공청년단 단장까지 맡고 있었다.

"안녕하십니까? 6관구 사령관 박정희 소장입니다."

나는 거수경례로 인사를 했다.

"그래요? 무슨 일입니까?"

신도환이 눈살을 찌푸리고 물었다.

"저희 부대 영관 장교들이 불미스러운 일을 저질렀습니다. 저는 무관한 일입니다. 의원님께서 선처해 주셨으면 합니다."

"부하들이 잘못했는데 관여하지 않았다고요?"

"예."

"보통 부하들이 잘못하면 상관이 책임을 지는 것이 아닙니까?"

"사령부에는 수백 명의 영관 장교들이 있습니다. 사령관이 모두 책임을 진다는 것은 불합리한 일입니다."

"나는 박 장군의 태도가 나쁘다고 생각합니다. 부하들이 잘못을 저지르면 내가 모든 책임을 질 테니 부하들을 봐달라고 하는 것이 우리의 문화인데 부하의 잘못과 관련이 없다는 상관의 변명은 비겁한 것이 아닙니까?"

"알겠습니다."

나는 신도환에게 더 이상 부탁하지 않고 나왔다.

'나는 가능하면 부정을 하지 않으려고 했다. 부하들에게 되도록이면 부정을 하지 말라고 당부했다. 청빈하게 살려고 애를 썼는데 이제 와서 옷을 벗어야 한다는 것은 비합리적이다.'

나는 신도환 의원이 나를 경멸하는 듯한 태도로 질책하자 화가 났다. 다행히 신도환이 나를 도와주었는지 어쨌는지는 알 수 없었으나 6관구 사령부 영관 장교들의 부정행위는 나까지 걸려들게 하지 않고 마무리 되었다.

나는 이듬해 자유중국 초청을 받아 대만을 방문했다가 귀국했다. 그러자 국방부 장군들이 이승만 대통령이 있는 경무대를 방문한 뒤에 서대문의 이기붕 국회의장 집을 방문하러 가자고 말했다.

"국회의장 댁에는 왜 갑니까? 대통령은 군 통수권자이니 인사를 하는 것이 당연하지만 국회의장은 군대와 관련이 없습니다."

나는 인솔단장인 참모차장에게 불평을 털어놓았다. 나와 함께 동행을 했던 장군들이 놀라서 웅성거렸다.

"이기붕 의장은 썩은 고목 같은 사람이야. 팔팔한 새 나무를 심어도 꽃이 필까 말까 하는 땅인데……."

"각하, 그만하십시오."

이낙선 소령이 놀라서 만류했다. 이낙선 소령은 훗날 상공부장관을 역임했다.

"내가 군복을 벗으면 될 것 아니야!"

나는 퉁명스럽게 내뱉었다. 대만에서 돌아오자 김종필을 비롯하여 김재춘, 김형욱, 박종규, 이석제 등 영관 장교들이 인사를 하러 왔다.

"각하, 〈사상계〉 1월호를 보셨습니까?"

"〈사상계〉? 〈사상계〉는 왜?"

"〈사상계〉에 이상한 논문이 하나 실렸습니다."

"뭔데?"

"미국 콜론연구소가 게재한 논문인데 내용은 한국은 군사 지배가 당분간 불가능하다, 육군에는 야심이 있는 군인이 없다, 이승만 정권은 야심이 있는 군인은 제거하고 충성을 바치는 군인들을 등용하고 있다, 그러나 한국 정부의 부정부패가 계속되면 군인들이 좌시하지는 않을 것이다…… 뭐 그런 내용입니다."

장교들의 말에 놀라서 이튿날 바로 〈사상계〉 잡지를 사다가 숙독했다. 내용을 모두 읽자 한국군을 비웃고 있는 듯한 기분이 들었다.

'한국군이 혁명을 할 수 없다고? 한국군은 70만 명이나 되고 그중 많은 장교들이 일본 육사에서 공부를 했거나 미국 유학을 다녀왔다.'

나는 콜론 보고서가 게재된 〈사상계〉 잡지를 내팽개쳤다. 콜론 보고서는 한국의 젊은 장교들에게 센세이션을 일으켰다.

정치권은 다시 격동을 일으키고 있었다. 이승만은 1960년의 대통령 선거에도 출마하려 했고 국회의장인 이기붕도 부통령으로 출마하려 했다. 야당에는 조병옥이 대통령 후보로 나섰다. 자유당은 선거에서 이기기 위해 온갖 부정행위를 저질렀다.

나는 6관구 사령관에서 다시 부산군수기지 사령관으로 발령을 받았다. 나는 참모장 김용순 준장, 인사참모 박태준 대령, 작전참모 김경옥 대령, 헌병부장 김시진 대령, 비서실장 윤필용 중령, 공보실장 이낙선 소령으로 중요한 참모진을 구성했다.

1960년 3월 15일의 정·부통령 선거는 부정 선거의 극치를 달리고 있었다. 선거전이 종막에 이른 3월 14일에는 500건 이상의 폭력 사건이 보고되었고, 50명 정도가 사망하고 수백 명이 부상을 당했을 정도였다. 미 국무성은 이러한 사건들이 대부분 사실이라는 데 놀라서 '한국 국민의 자유로운 의사 표현을 보장하라'고 이승만 정권에 촉구했다.

1960년 이승만 대통령은 85세나 되었고 이기붕 부통령 후보는 건강이 다시 악화되어 말을 하는 것도 시원치 않자, 미국은 그들이 한국의 대통령과 부통령으로 당선된다고 해도 북한과 대치하고 있는 한국을 이끌어 나가는 것은 무리라고 보고 있었다. 반면에 야당의 대통령 후보인 조병옥과 부통령 후보인 장면은 건강이 좋아 왕성한 활동을 하고 있었다. 그러나 조병옥 박사는 대통령 후보로 선출된 지 얼마 되지 않아 심장병이 발작하여 급히 치료를 받기 위해 미국으로 건너갔으나 그곳에서 서거하고 말았다.

이승만 대통령과 이기붕에게는 행운이었으나 민주당에게는 불행이었다. 민주당은 대통령 후보가 서거하자 부통령 후보인 장면 박사 혼자 고군분투했다.

선거전은 치열했다. 민주당의 부통령 후보 장면 박사는 경찰로부터 철저한 탄압을 받았다. 선거 유세를 하기 위해 학교 운동장을 빌릴 수도 없었고 극장이나 공회당도 빌릴 수 없었다. 그가 유세를 하는 곳에서는 버스나 택시가 뚜렷한 이유도 없이 갑자기 운행 중지되었고, 경찰이 길목을 막고 있다가 청중들을 쫓았다.

"너희들 공산당이야? 공산당이나 야당 후보 유세에 가는 거야!"

경찰들은 눈을 부릅뜨고 유권자들을 위협했다.

"너, 이리 와 봐! 이 새끼. 왜 경찰 말을 안 들어?"

경찰이 지켜보고 있는 가운데 깡패들이 야당 후보 유세에 가는 유권자들에게 폭력을 휘둘러 피투성이로 만들기도 했다. 수원에서 장면 후보는 운동장을 빌리지 못해 벌거숭이산에서 선거 유세를 해야 했다. 그러나 수백 명의 경찰이 산을 막아서 청중은 불과 3,000명밖에 모이지 않았다. 여수에서는 여수 민주당 재정부장이 쇠파이프에 맞아 죽었고 광산에서는 공명선거를 감시하던 가톨릭 지도자가 반공 청년단 지부장의 칼에 찔려 죽었다.

김포에서는 야당 측으로 투표 참관인 등록 신청을 한 사람이 경찰과 선거관리위원회의 노골적인 방해에도 불구하고 등록에 성공했으나 정체불명의 사내에게 칼에 찔려 생명이 위독한 상태에 빠졌다. 고등학생들은 자유당의 부정 선거를 맹렬히 규탄하고 수백 명씩 공명선거를 요구하는 시위를 벌였다.

"자유당은 각성하라!"

"정치 깡패 처단하라!"

그러나 그들은 경찰의 몽둥이에 얻어맞고 해산되었다.

자유당은 3·15 정·부통령 선거에서 상상조차 할 수 없을 정도의 부정을 저질렀다. 자유당은 공식 투표를 위해 투표소가 열리기 전에 40퍼센트에 해당하는 수의 표를 미리 투표함에 넣었다. 이럴 때는 자유당 선거위원만이 나오는데 투표소 주위는 반공청년단과 경찰의 삼엄한 감시를 받게 되어 야당 측은 일절 접근할 수가 없었다.

이어서 자유당은 3인조, 또는 9인조로 투표를 하여 유권자들이 자유당에 투표하는지, 않는지를 감시했다. 이 방법이 끝나면 투표함에 무더기 표를 넣기도 했다. 이러한 부정 투표는 부정 선거와 함께 전국적으로 자행되었다. 경찰은 아예 자유당 선거 운동원이 되어 유권자들이 지시한 대로 정확하게 투표하도록 철저하게 감시했다. 비협조적인 경찰은 즉시 파면되었고 통반장은 전직 경찰관이 맡고, 면장은 자유당 당원이 임명되었다.

민주당은 마침내 3월 15일 아침에 정·부통령 선거에 불참한다는 발표를 했다. 자유당의 부정 선거로 인해 선거에 참여해 보았자 아무 의미가 없다는 것을 안 민주당이 자유당 정권에 치명타를 가한 사건이었다. 그러나 투표는 시작되었고 역대 어느 선거보다 극심한 부정 투표가 자행되어 국민들의 분노가 폭발되었다. 3·15 부정 선거는 군대에서도 예외는 아니었다. 각급 지휘관들은 노골적으로 이승만에게 투표하라고 명령을 내렸고 사병들의 투표를 지휘관들이 일일이 감시하는 사태까지 발생했다.

나는 육군본부의 부정 선거 개입에 분노했다.

"6관구 휘하에서는 어떤 부정 선거도 있어서는 안 된다! 나는 이번 선거에 절대로 관여하지 않겠어! 장병들도 자유의사로 투표하게 하라!"

나는 군대에서까지 부정 선거가 자행되자 3·15 정·부통령 선거에 일절 관여하지 않겠다고 입장을 발표했다.

"박정희 장군이 6관구 장병들에게 부정 선거를 하지 말라고 지시했다며? 박 장군이 키는 작지만 다부진 데가 있군."

그 말이 군대 안에 널리 퍼져 나가자 젊은 장교들은 나에 대해 호감을 갖게 되었다. 그 말은 육군 장성으로서 나의 장래에 치명적인 장애가 될 수도 있었다. 육군참모총장은 송요찬이었다. 그는 뛰어난 군인이었으나 정치 바람에 휘말려 군대에서의 부정 선거에 개입했다.

나는 부정 선거를 없애기 위해서 혁명을 하지 않으면 안 된다고 생각했다. 이미 수많은 영관급 장교들이 군 지도부에 대해 불만을 갖고 있었다. 젊은 장교들일수록 이승만 정권에 아부하는 군 지도부를 격렬하게 성토하고 있었다.

'내가 나서지 않아도 누군가는 나선다.'

나는 밤이면 어둠 속을 노려보면서 깊은 생각에 잠기곤 했다. 혁명이나 쿠데타에 대해서는 이미 오래전부터 생각하고 있었다. 그러나 막상 구체적으로 실천할 단계가 되었다고 생각하자 가슴이 무거워져 왔다. 그러나 더 이상 방치할 수는 없었다.

"각하, 이거 혁명이라도 해야지 나라가 어떻게 되겠습니까?"

나는 김웅수 중장에게 혁명을 해야 하지 않겠느냐고 넌지시 의견을 타진해 보았다.

"박 소장, 혁명은 바람직하지 않습니다."

김웅수 중장은 단호하게 혁명을 반대했다.

"이승만 정권은 썩을 대로 썩었습니다."

"그래도 군대가 정치를 해서는 안 됩니다. 박 소장의 생각에는 공감하지만 군대가 혁명을 하는 것은 반대합니다."

김웅수 중장에게는 더 이상 이야기를 꺼내지 않았다.

그 후로 나는 주말마다 서울로 올라왔다.

'혁명을 할 때 행동은 작은 부대로 하지만 전군의 지원을 받지 않으면 안 된다.'

나는 해병대와도 일을 같이하지 않으면 안 된다고 생각했다. 그래서 포항에 있는 해병 제1상륙사단장 김동하 소장을 신당동 집으로 초대했다.

"김 장군, 선거가 극도로 타락했습니다. 이렇게 나가다가는 대한민국에 희망이 없습니다."

김동하 소장의 얼굴에 취기가 오른 듯하자 나는 은근히 의중을 타진했다.

"그래요, 우리 해병도 그렇게 생각하고 있습니다."

김동하 소장이 맞장구를 치고 나왔다.

"군부가 나서야 할 때입니다."

"동감입니다."

나는 김동하 소장이 나와 같은 뜻이라는 것을 알고 기뻤다.

"해병은 내가 책임지고 조직을 키우겠소."

"그럼 육군은 내가 맡겠습니다."

나는 김동하 소장의 손을 굳게 잡았다. 5·16을 향한 발걸음을 시작하는 첫 단계였다.

나는 세상을 벨 준비가 되어 있다

이강호는 김주승을 만나고 돌아오면서 많은 생각을 했다. 무엇보다 박정희가 4·19 때 학생들에게 발포를 하지 못하게 막았다는 사실이 신기했다. 그 부분도 자서전과 일치했다.

"그 부분에 대해서 자세히 알고 싶으면 김종우 씨를 만나 보시오."

"김종우 씨요? 그분은 무엇을 하는 분입니까?"

"〈부산일보〉 기자요. 5·16이 일어나기 전부터 박정희 대통령을 많이 취재했소. 그러다가 박정희 대통령에 대한 책을 여러 권 낸 사람이오."

이강호는 김종우가 누구인지 희미하게 짐작할 수 있었다. 그가 쓴 책을 어린 시절에 읽었던 것 같았다. 이강우는 김종우에 대해서 조사했다. 그 결과 김종우가 5·16 이후 청와대 출입 기자가 되어 박정희와 누구보다도 가깝게 지낸 인물이라는 사실을 알 수 있었다. 이강호는 부산에 내려가 김종우를 만났다.

"나는 그분을 존경해요. 대통령이 독재를 한 것은 사실이지만 우리가 생각하고 있는 것보다 훨씬 훌륭한 애국자였소."

김종우는 이미 노인이었고 언론인 출신답게 박정희에 대해 자세하게 기억하고 있었다. 이강호는 박정희 밑에서 일을 하던 사람들은 공통적으로 그를 애국자로 받들고 있다고 느꼈다.

"5·16 이전에도 가까이서 지켜보셨다고 했는데 쿠데타의 참된 목적이 무엇이라고 생각하십니까?"

"당시 쿠데타를 계획한 장교들 모두 애국심을 갖고 있었소."

"그럼 애국심 때문에 쿠데타를 했다고 보십니까?"

"그렇소."

이강호는 커피를 한 모금 마셨다. 김종우와 이야기를 나누는 호텔의 커피숍에서 해운대 바다가 한눈에 내려다보였다.

"그런데 쿠데타를 일으킨 뒤에 자기들끼리 권력 투쟁을 하지 않았습니까?"

"우리는 박정희 얘기를 하고 있는 거요."

"박정희는 청렴했습니까?"

"청렴했소."

"자유당 정권은 부패 정권이었지 않습니까?"

"이승만도 청렴했소."

김종우는 눈빛이 날카로운 노인이었다. 그는 이강호의 질문에 대답을 짧게 했다.

"4·19혁명 이전에도 군인들이 쿠데타를 계획했다고 하던데 맞습니까?"

"그렇소. 해병대도 쿠데타를 계획하고 있었소."

"쿠데타가 정당했다고 생각하십니까?"

"내 개인적으로는 올 것이 왔다고 생각했소."

김종우에게 이강호는 많은 이야기를 들을 수 있었다.

"언젠가 나는 대통령과 마주보고 앉아서 7시간 동안 기차를 탄 적이 있소. 진해에서 열린 해군사관학교 졸업식에 박 대통령이 참석했는데 수행 기자 중 내가 유일하게 같은 자리에 앉게 된 거요. 그날은 마침 식목일이었소."

김종우가 아득한 회상에 잠기면서 이야기를 시작했다.

"혹시 산에 좀 갑니까?"

김종우가 뜬금없이 이강호에게 물었다.

"여간해서 가지 못합니다. 신문사 일이라는 것이 그렇지 않습니까? 특히 사회부는……."

"그래도 숲은 보았을 것이 아니오?"

"물론입니다."

"그래 숲이 어떻소?"

"예?"

"우리나라 산에 숲이 울창하지 않소? 전국 어디를 가도 산엔 숲이 울창하오. 북한이나 중국에 가면 숲이 울창하지 않아요. 숲을 이렇게 울창하게 만든 사람이 박정희 대통령이오. 50년대 우리나라는 대부분 가정에서 나무를 때서 밥을 하고 난방을 했소. 그런데 박정희 대통령이 이를 금지시키고 석탄을 때게 했소. 박정희 대통령이 강력하게 밀어붙이지 않았으면 불가능했을 것이오."

박정희가 한국의 숲을 울창하게 만들었다는 그의 말은 뜻밖이었다.

"기차가 천안 부근에 이르렀을 때였소. 박정희 대통령이 갑자기 비서실장을 불렀소. 어이, 비서실장. 저것 봐! 나무가 없잖아. 저기가 어디야? 대통령의 호통에 비서실장이 쩔쩔매면서 천안 어디쯤인 것 같습니다, 하고 대답했소. 김 기자, 저 산 좀 보십시오. 대한민국이 이래요. 박정희 대통령이 그렇게 말하면서 혀를 찼소. 그러면서 당장 산림청장에게 전화를 걸어 나무를 심으라고 지시했소."

김종우의 말에 이강호는 박정희의 새로운 모습을 본 것 같았다.

"박정희 대통령을 생각하면 아쉬운 마음을 떨칠 수가 없소. 대통령을 두 번만 하고 물러났으면 지금쯤 국민의 존경을 한 몸에 받는 국부國父가 됐을 것이오."

김종우는 대통령과 많은 이야기를 했으나 그의 깊은 뜻을 다 알진 못했던 것 같았다.

서울에서 부산으로 갈 때는 비행기를 탔으나 올 때는 열차를 탔다. 열차가 3시간 정도 걸렸기 때문에 이강호는 박정희 자서전을 다시 읽기 시작했다.

* * *

　나는 혁명아다. 후대의 역사들이 어떻게 평가할지는 모르지만 혁명아로 기록되기를 바란다. 군인들이 민중의 지지를 받지 않은 상태에서 무력으로 정권을 빼앗으면 쿠데타가 되지만 민중의 지지를 받으면 혁명이 된다. 나는 5·16 쿠데타를 일으킨 뒤에 국민들의 지지를 받지 못했는가? 그렇지 않다. 계엄령이 선포되어 있었기 때문에 많은 사람들이 조심하기는 했어도 나는 국민들의 지지를 받았다. 4·19 이후 한국은 너무나 혼란했다. 나는 군부를 이끌고 혼란한 한국 사회를 바로잡고 경제 건설에 박차를 가한 것이다.

　나는 부산 군수사령관으로 근무하면서 김종필을 자주 만났다. 내가 그의 처삼촌이기도 했지만 그는 육사 8기의 핵심 멤버였다. 김종필은 육군 정보국에 근무하고 있었다. 그는 대외적인 정보뿐 아니라 국내 정치에 대한 정보도 수집하고 분석하여 나에게 이야기하곤 했다.

　'자유당 정권이 몰락을 재촉하고 있어.'

　나는 전 경찰력이 동원되고 깡패들까지 동원되는 부정 선거에 자유당의 말로가 머지않았으리라고 확신했다. 게다가 이승만 대통령은 어느덧 85세였다. 조병옥 박사의 급서로 그는 대통령 선거에서 경쟁자 없이 당선될 것이 분명했으나 부통령은 이기붕과 장면이 팽팽한 접전을 벌이고 있었다.

　'부정 선거만 아니면 장면 후보가 당선되겠지.'

　나는 이기붕이 당선되는 것은 불가능하다고 생각했다. 그러나 자유당은 이기붕 후보를 당선시키기 위해 총력을 기울이고 있었다. 대통령 유고 시 부통령이 대통령 계승권을 갖고 있었기 때문에 자유당은 필사적이었고 부통령 선거가 사실상의 대통령 선거라고 생각하고 있었다. 그러나 이기붕은 병자였다. 이기붕은 최근 2년간 거의 집밖 출입을 하지 못할 정도로 심하게 앓고 있었다. 그리하여 장관들이 서대문 그의 자택에 들어와서 결재를 받고 있다는 것이었다. 그의 옆에는 언제나 부인 박마리아가 지키고 있었다. 박마리아는 남편이 건강 때문에 제대로 정치를 하지 못하자 옆에서 일일이 간섭을 하여 자유당 정권의 정책이 박마리아의 치마 속에서 결정된다는 풍문까지 나돌았다.

'늙은 대통령과 병약한 부통령이 이 나라를 이끌어 갈 수는 없어. 이 나라는 새로운 지도자가 나와서 강력한 리더십으로 혼란을 수습하고 새바람을 일으켜야 해.'

나는 새로운 지도자를 열망했다.

미국도 1960년은 대통령 선거의 해였다. 미국 민주당에서는 뉴프런티어의 기수라는 존 F. 케네디 상원의원이 대통령 후보로 거론되고 있었다. 미국처럼 강력하게 새바람을 일으킬 지도자가 필요했다. 그러나 한국의 현실은 암담했다.

부산 군수기지 사령관으로 부임한 나는 사범학교 동기인 황용주를 만났다. 황용주는 〈부산일보〉 주필로 있었는데 나에게 〈국제신문〉 주필인 이병하를 소개했다. 이병하는 훗날 언론인보다 소설가로 더 유명해진 인물이다.

"정권이 이렇게 부패하면 군대라도 나서야지 어쩌겠나? 기자인 자네는 어떻게 생각하나?"

나는 황용주에게 나의 본심을 슬며시 털어놓았다.

"군대가 나선다고? 그럼 쿠데타를 말하는 건가?"

황용주가 놀란 표정으로 나를 쳐다보았다.

"쿠데타라고도, 혁명이라고도 볼 수 있지. 그게 무엇이든지간에 나라의 발전을 위해서 군대가 나서야 하지 않겠냐는 거지?"

"쿠데타는 민주주의의 적이야. 독재를 하게 된다고……."

"독재를 해도 잘만 먹고살면 되지 않나? 이게 뭔가? 국민들은 굶어 죽는 사람이 허다한데 정치인들은 싸움질만 하고…… 이러다가 나라가 망하는 것은 순식간이야. 우린 지금 미국의 원조로 살아가고 있어. 미국이 원조를 중단하면 적어도 몇십만 명이 굶어 죽게 돼."

"그래서 쿠데타를 해야 한다는 거야?"

"조국의 근대화를 위해서지. 경제 발전…… 자주국방……."

"그게 쿠데타를 하는 이유야? 그건 쿠데타를 하지 않고도 이룰 수 있어. 선거로 정권을 잘 뽑으면 할 수 있어."

"야당이 정권을 잡으면 잘할 수 있을 것 같은가? 한국은 강력한 지도자가 필요해. 군대처럼 강력하게 이끌어야 돼."

황용주는 나의 말에 입을 다물고 있었다.

부정 선거는 부산의 군부대에도 휘몰아쳐 왔다. 서울의 방첩대는 군부대 부정 선거를 총지휘했다. 부산 군수기지 사령부에도 방첩대가 회식비를 내려보내고 전군에 이승만과 이기붕을 찍으라는 노골적인 명령을 내렸다.

나는 부정 선거 지시를 단호하게 거절했다.

"각하, 부정 선거가 갈수록 심해지고 있습니다. 이제는 우리 계획을 추진해야 할 것 같습니다."

유원식 대령이 나에게 말했다.

"해병대도 우리와 뜻을 같이하기로 했으니까 상세한 계획을 한번 세워 봐."

"예."

나는 유원식과 함께 쿠데타 계획을 추진하기 시작했다. 쿠데타는 목숨을 걸고 하지 않으면 안 되는 일이었다. 유원식은 육군본부에 있었기 때문에 서울에서 세밀한 쿠데타 계획을 세웠다. 나는 서울에 올라갈 때마다 유원식 대령을 만나 계획을 의논하고 동지들을 포섭하기 시작했다. 거사일은 일단 5월 8일로 잡았다. 5월 5일은 송요찬 육군 참모총장이 미국 방문을 위해 한국을 떠나기 때문에 8일로 잡은 것이다. 나는 많은 장교들을 포섭했다. 내가 만나는 장교들마다 쿠데타 계획에 찬성하고 적극적으로 나서겠다고 확답했다. 육군 전사감 최주종 소장은 부산으로 내려와 사태가 심각해지고 있으니 4월 15일 밤에 거사를 하자고 제안했다. 유원식 대령은 이승만 대통령이 군항제 때문에 진해로 휴양을 내려오는 4월 3일을 거사일로 잡은 후 그를 납치하자고 주장했다.

"우리가 동원할 수 있는 부대부터 확보해야 돼. 부산은 군수기지 사령부 예하 부대, 홍종철 중령의 고사포부대, 포항 김동하 소장의 해병사단을 동원할 수 있으니까 충분해."

내가 유원식 대령에게 말했다.

"서울은 육군본부 전사감 최주종 소장, 육군본부 유원식 대령, 전두열 대령, 김종필 중령 외 영관급 장교들이 참여할 거야."

"대구 지역은 어떻습니까?"

"대구 지역은 2군사령관 장도영 중장, 안동사단의 윤태일 준장, 이주일 2군 참모장을 포섭할 예정이야."

나는 완전한 확답을 받지 않은 장교들을 일일이 만나서 설득했다. 그러나 선거가 치열해지면서 쿠데타 추진은 잠시 소강상태였다. 내가 부정 선거에 협조하지 않으려 하자 송요찬 육군 참모총장이 부산으로 내려왔다. 송요찬 총장은 부산 군수기지 사령부 참모들과 출입 기자들을 일식집으로 초대해 저녁을 샀다.

"총장님, 박 사령관은 기자들을 아주 싫어하는 모양입니다. 기자들과 도무지 인터뷰를 하지 않으려고 합니다."

기자들이 저녁을 먹으면서 송요찬 총장에게 말했다. 송요찬 총장은 잠시 흠칫하는 표정을 지었다.

"잘 좀 봐주십시오. 우리 박 장군이 바빠서 그렇지 어디 기자 선생님들을 싫어해서 그렇겠소?"

송요찬 총장이 말했다. 나는 그때 일을 생각하자 쓴웃음이 나왔다. 그 자리에 참석했던 김종신 기자는 5·16이 일어난 후에《영시의 횃불》이라는 책을 썼는데, 그 책에 내가 송요찬 중장에게 'X 같은 새끼'라고 내뱉었다고 썼다.

"내가 아무리 생각해도 송 장군에게 그런 욕을 한 기억은 없어요.

송 장군은 군단장으로 있을 때나 사령관으로 있을 때 항상 나를 발탁했던 사람이오. 문제는 그가 부정 선거에 개입하고 있다는 것이었지."

후에 나는 김종신 기자를 불러 책의 내용이 잘못되었다고 말했다.

"맞습니다. 제가 실감을 주기 위해서 좀 과장을 했습니다."

김종신이 머리를 긁으면서 대답했다.

"송 장군이 상당히 섭섭했을 텐데. 그 말 지우면 안 됩니까?"

"각하, 그런 대목이 좀 있어야 박력이 풍기고 판매에도 도움이 됩니다."

"책이 많이 팔린다면 할 수 없지."

청와대 출입 기자가 된 김종신 기자의 말에 고개를 끄덕거렸다.

아무튼 그날 송요찬 총장은 자유당이 압승할 수 있도록 선거에 협조해 달라는 당부를 했을 뿐이었다.

"그럴 수는 없습니다."

나는 정색을 하고 협조를 하지 않겠다고 말했다. 그러자 분위기가 찬물을 끼얹은 것처럼 어색해졌다. 기자들과 군수기지 사령부의 참모들이 일제히 송요찬 총장을 쳐다보았다. 잠시 어색한 침묵이 흘렀다. 송요찬 총장은 거북한 표정으로 낮게 헛기침을 했다. 나는 군대의 젊은 장교들이 부정 선거를 보는 눈이 곱지 않은데 군의 고위 장성이 노골적으로 정부를 지지하는 말은 할 수 없다고 했다.

"그야 뭐 각자의 소신이 있는 거니까."

송요찬 총장이 얼버무렸다.

3월 15일 밤이 되자 광주, 포항, 마산에서 격렬한 소요 사태가 발생했다. 특히 마산에서는 반공청년단과 경찰의 삼엄한 감시 속에서도 야당에 투표했던 시민들이 개표 결과가 엉뚱하게 나오자 '내 표를 내놔라!' '부정 선거 다시 하라!'고 외치며 시청의 개표소로 몰려갔다.

"이 자식들 모조리 잡아넣고 빨갱이 짓 했나 안 했나 철저하게 조사해!"

경찰은 시민들을 폭압적인 방법으로 해산시키려 했다. 선거 운동 기간에도 반공청년단과, 자유당, 그리고 경찰로부터 몽둥이질을 당했던 시민들은 자신들을 빨갱이로 몰아세우며 해산시키려고 하자 서서히 흥분하기 시작했다.

시민들은 숫자가 불어나 마산시 성남동 파출소를 불태우고 돌을 던져 자유당 마산지구당 당사의 유리창을 모조리 깨뜨렸다. 어느덧 시위 군중들은 수천 명으로 늘어나 마산시청을 에워싸고 돌팔매질을 계속했다.

경찰은 반공청년단만으로 시위대를 해산할 수 없게 되자 총을 쏴서 진압하려고 했다. 한밤중에 요란한 총소리가 나고 처절한 비명 소리와 함께 시위대가 피투성이가 되어 나뒹굴었다.

"경찰이 시민을 향해 발포를 한다!"

시민들은 더 흥분하여 절규했다. 그러나 시위대는 총 앞에서 계속 시위를 할 수 없어서 마침내 무수한 시체와 부상자를 남기고 물러갔다. 전국의 각 신문과 세계 유수의 통신사들이 마산 사태를 대대적으로 보도했다. 사태는 중대한 국면으로 치닫고 있었다. 경찰은 마산에서 발사한 경고 사격으로 2명이 죽고 12명이 부상당했다고 발표했다. 〈AP통신〉은 마산에서 일어난 반정부 시위로 7명이 죽었다고 발표했고, 〈합동통신〉은 13명이 죽고 40명이 부상을 당했다고 발표했다. 그것이 3월 15일 밤(19시에서 23시)에 일어난 참극, 제1차 마산사건^{馬山義擧}이었다.

"큰일 났습니다. 지금 마산에서 경찰이 시위 군중들에게 발포를 했습니다."

군수기지 사령부 공보실장 이낙선 소령이 신문을 들고 와 보고하자 나는 가슴이 철렁했다. 마산에서 시위가 발생했으면 부산도 잠잠하지 않을 것이었다.

"부산의 공기는 어때?"

"부산도 심상치 않습니다. 시민들이 모이기만 하면 부정 선거를 규탄하고 있습니다."

"사태를 예의 주시하고 있어."

나는 부산 군수기지 사령부 예하 부대에 비상령을 내렸다. 마산은 그 사건으로 온 시내가 뒤숭숭했다. 경찰은 제2의 마산 사태를 막고 자신들이 저지른 죄를 은폐하기 위해 더욱 강압적으로 나왔고 학생들과 시민들을 마구 구속했다.

'이러다가 계엄령이 선포되겠어.'

나는 계엄령이 선포되지 않기를 간절하게 빌었다. 경찰의 발포로 시위가 잠잠해진 마산은 폭풍 전야 같은 정적이 감돌고 있었다. 운명의 4월 11일, 김주열 군의 시체가 마산 앞바다에 떠올랐다. 〈부산일보〉의 허종 기자는 이 소식을 입수하자마자 허겁지겁 현장으로 달려갔다.

'세상에!'

허종 기자는 너무나 엄청난 사실에 입이 다물어지지 않았다. 그리하여 머리와 눈에 최루탄 파편이 박힌 채 죽어 있는 김주열 군의 시체를 담기 위해 정신없이 카메라 셔터를 눌러댔다. 〈부산일보〉는 김주열 군의 죽음을 4월 12일자 신문에 특종으로 보도했고, 전국의 신문과 통신사들이 〈부산일보〉의 사진을 복사하여 대대적으로 보도했다.

김주열 군의 비참한 죽음은 그렇지 않아도 자유당의 부정 선거로 분노하고 있던 전국의 시민들과 학생들을 들끓게 했다. 그들은 마침내 자유당 정권을 타도하기 위해 시위에 참여하기 시작했다.

4·19의 도화선이 되는 불꽃이었다.

마산에서는 이를 계기로 다시 소요가 일어났고 전국에서는 학생과 시민들이 거리로 뛰쳐나왔다. 당황한 이승만 정권은 마산 소요가 공산당의 조종으로 일어났다고 담화문을 발표했다. 그러자 학생들은 더욱 분노했고 전국에서 독재 정권을 타도하려는 시위가 열화처럼 일어났다.

4월 18일 고려대학교 학생들은 독재 정권 타도와 부정부패 일소, 3·15 부정 선거의 무효를 요구하는 시국 선언서를 발표하고 시가행진에 들어갔다. 이들은 약 3,000명이나 되었으나 평화적인 구호를 외치며 국회의사당과 시청, 경무대 앞에서 시위를 한 뒤에 종로4가 천일백화점 앞을 지나 귀교 길에 올랐다. 그러나 미리 연락을 받고 대기하고 있던 깡패들에게 무차별 습격을 당하는 바람에 피투성이가 되어 나뒹굴었다. 학생들은 각목과 쇠파이프를 들고 갑자기 달려드는 깡패들을 당해 낼 수가 없었다. 일부는 깡패들의 습격을 피해 재빨리 달아났으나 수많은 학생들이 머리가 터지고 온몸은 피투성이가 되어 나뒹굴었다.

이 소식은 즉시 전국 대학으로 퍼졌고 깡패들이 평화적인 시위를 하는 학생들을 습격했다는 사실에 경악했다. '피의 화요일'이라고 부르는 4월 19일 서울대학교 학생들은 전날 밤에 일어난 고대생 습격 사실에 분개하면서 출정식을 마치고 시내로 행진해 갔다.

서울대 학생들의 시위는 서울 시내 각 대학교와 고등학교 학생들, 그리고 시민들까지 참여하여 수만 명에 이르렀다. 이들은 연도에 있는 시민들의 열렬한 환호 속에 국회의사당에서 진로를 바꾸어 경무대 입구까지 갔다. 이에 경찰은 무차별로 발포하기 시작했다. 경찰이 자위권 차원에서 발표한 것이 아니었다. '총은 쏘라고 준 것이지 들고 있으라고 준 것이 아니다'라고 내무장관이 말했을 정도로 그들은 학생들에게 인정사정없이 발포했다. 그 자리에서 학생들 10여 명이 총탄에 희생되었고 4월 26일, 이승만 대통령이 하야할 때까지 사망자만 186명에 이르게 되었다.

이승만 정권은 4월 19일 하오 4시를 기해 서울 일원에 비상계엄령을 선포하고 계엄사령관에 육군 참모총장 송요찬 중장을 임명했다. 이어서 오후 4시 30분 부산, 대구, 광주에 계엄령을 추가 선포하고 탱크를 포함한 병력을 투입한 뒤에 통행금지를 하오 7시로 앞당겼다. 나는 부산지구 계엄사령관에 임명되었다. 계엄령이 부산에도 선포되자 즉시 참모 회의와 지휘관 회의를 잇따라 소집하고 각 관공서와 주요 시설에 군대를 배치했다.

나는 육군본부에 있는 김종필 중령과 유원식 대령과 수시로 통화했다. 서울지구 계엄사령관인 육군 6관구 사령관은 엄홍식 소장이었고 참모장은 김재춘 대령이었다. 엄홍식 소장은 계엄이 선포되자 김재춘 참모장과 함께 장우식 헌병부장이 지휘하는 2개 중대 병력을 이끌고 경무대로 갔다. 그들은 총을 들고 갔지만 실탄은 휴대하지 않았다. 시위가 격렬해지자 육군본부에서 엄홍식 소장에게 실탄을 발사하여 시위대를 해산시키라는 명령이 떨어졌다.

"참모장, 계엄군에게 실탄을 지급하시오."

엄홍식 소장이 김재춘 대령에게 명령을 내렸다.

"사령관님, 실탄을 지급하면 발포 명령이 떨어질 것입니다. 발포 명령이 떨어지면 어떻게 하겠습니까?"

"명령이 떨어지면 발포해야지 어떻게 하나?"

그러나 김재춘은 이런저런 핑계를 대면서 실탄을 지급하지 않았다. 육군본부와 엄홍식 소장이 김재춘에게 계속 재촉했다. 김재춘은 상황이 심상치 않다고 판단해 부산에 있는 나에게 전화를 걸었다.

"김 대령, 상황이 어때?"

사실상 서울지구 계엄사령부를 장악하고 있는 김재춘 대령에게 물었다.

"사령관님이 실탄을 지급하라는 명령을 내렸습니다. 어떻게 하는 것이 좋겠습니까?"

"무슨 소리야? 지금 실탄을 지급했다가는 큰일 나요. 실탄을 지급하면 발포하겠다는 건데 대학생들과 시민들을 학살할 작정이야?"

"명령인데 거부해도 나중에 문제가 되지 않겠습니까?"

"자네 최창식 대령 알지? 참모총장의 명령으로 한강 다리를 폭파했다가 사형을 당했어."

"예, 알고 있습니다."

최창식 대령은 6·25 때 한강 다리를 폭파한 지 석 달밖에 되지 않은 9월에 비밀리에 총살되었다.

"김 대령, 실탄 지급은 절대로 안 돼. 김 대령이 필사적으로 막아야 해."

"그럼 제가 어떻게 하든지 막아 보겠습니다. 나중에 문제가 생기면 장군님이 막아 주십시오."

나는 김재춘 대령에게 어떠한 일이 있어도 실탄을 지급하지 말라고 지시했다. 시위는 부산에서도 격렬했다. 돌을 던지고 방화하는 시위대를 향해 경찰이 발포하여 15명이 죽었다. 4월 19일, 시위로 인한 사망자는 서울 110명, 부산 15명, 마산 10명, 광주 8명을 포함하여 모두 143명이었다.

"부산에도 포고령을 내리고 시위를 자제하도록 해야 합니다."

참모장 박태준 대령이 말했다.

"우리 계엄군들은 절대로 시민들에게 발포해서는 안 됩니다."

유원식 대령도 신문과 방송의 보도를 살피면서 보고했다. 군수기지 사령부에는 서서히 긴장감이 감돌고 있었다. 나는 먼저 시민과 학생들에게 담화문을 발표하도록 했다.

…… 시민 여러분과 학생 제군은 냉정과 이성을 찾아 여러분의 가정으로 돌아가 주시기를 바라며 만약 본인의 이와 같은 간곡한 호소를 듣지 않고 법과 질서를 문란케 하는 행동을 계속한다면 지극히 불행한 사태가 발생할 것이며 본인은 부득이 단호한 조치를 취하지 않을 수 없을 것입니다…….

담화문을 발표한 뒤 제일 먼저 부산 지역 언론인들을 소집하여 계엄하의 보도에 대한 협조를 부탁했다.

"거리는 어때?"

나는 이낙선 소령에게 물었다. 상황이 심상치 않다고 판단하여 유원식 대령과도 깊게 논의를 했다. 아무래도 이승만 대통령이 더 이상 집권을 해서는 안 된다는 판단이 섰다. 유원식 대령은 이승만 대통령이 부산을 방문했을 때 납치하는 계획을 세웠다.

김재춘은 서울에 진주한 계엄군에게 실탄을 지급하지 않았다. 엄홍식 소장과 육군본부의 성화가 빗발쳤으나 그는 죽음을 각오하고 실탄을 지급하지 않았다. 서울대 교수들까지 데모에 합류하자 서울은 통행이 완전히 마비될 정도로 성난 군중들이 속속 모여들었다. 시위 군중들은 탱크 앞에서도 시위를 했다. 탱크의 환한 라이트에 시위를 하는 군중들의 모습이 드러났다. 학생 하나가 탱크에 올라타서 노래를 불렀다. 군인들은 학생들을 제지하지 않았다.

"우리들을 쏘아 죽이시오. 동포들을 다 쏘아 죽이시오."

40대 중년 신사가 탱크에 있는 병사들을 향해 소리를 질렀다.

"아저씨요, 무슨 말씀을 그렇게 하십니까? 우리도 아저씨와 같은 핏줄을 갖고 태어났습니다. 우리가 여러분에게 이 총을 쏜다면 대한 민국 국군이 아닙니다. 우리는 여러분의 군대입니다."

포병 장교가 소리를 질렀다.

"국군 만세! 국군 만세!"

학생들이 일제히 함성을 질렀다. 시민들과 학생들은 전우가를 불렀다. 병사들도 목이 터져라 노래를 불렀다.

학생들의 시위는 그치지 않고 계속되었다. 육군 정보국은 계엄령이 선포되자 기민하게 움직였다. 그들은 학생들의 시위가 격화되더라도 군이 학생들에게 발포하지 않도록 각 파견 부대에 명령을 내리고 감시했다. 학생들의 시위는 전국에서 계속되었고 4월 25일 부산에서는 5만 명의 학생들이 도청을 점거했다. 이에 미국도 이승만 대통령에게 하야하라고 압력을 가하기 시작했다.

서울에서는 각 대학 교수 400여 명이 '학생들의 피에 보답하라'는 플래카드를 들고 시위를 했다. 대학 교수들의 시위는 이승만 대통령의 하야에 결정적인 역할을 했고 이승만 대통령은 4월 26일, 마침내 '국민의 뜻이라면'이라는 말을 남기고 하야를 발표했다.

4월 혁명은 수많은 피의 대가로 독재 정권을 쓰러뜨렸다. 계엄령은 해제되고 내각은 일괄 사표를 낸 뒤에 허정 과도 정부가 들어섰다.

이승만 대통령은 하야한 뒤에 이화장으로 돌아갔다. 학생들은 경무대를 떠나는 이승만 대통령에게 기꺼이 손을 들어 환호했다. 비록 독재자로서 부정 선거와 부정부패의 원흉이었으나 학생들은 노[老]대통령을 용서하는 너그러운 태도를 보였다. 뿐만 아니라 학생들은 과도 정부 이후의 혼란을 우려하여 스스로 질서를 회복하기 시작했다.

'아아, 정말 다행이다. 수많은 학생들이 흘린 피의 대가지만 이제야 나라가 혼란에서 빠져나와 민주주의가 실현되겠어.'

나는 4월 혁명이 성공하자 비로소 안도했다. 학생들의 노력으로 과도 정부는 안정을 회복해 가고 있었고 계엄령은 해제되었다. 자유당 정권에 의해 구속되었던 학생들도 모두 석방되었다. 4월 28일, 이기붕 일가가 자살을 했다. 정권에 협조했던 〈서울신문〉은 자진해서 폐간하고 대법원장도 사임했다. 최인규 내무장관은 스스로 검찰에 출두하여 구속되었다.

4월 혁명으로 모든 것이 뒤집히고 있었다. 과도 정부는 새로운 장관들을 임명한 뒤에 시도지사를 모두 해임했다. 아울러 3·15 부정 선거는 무효라는 사실을 확인했다. 군인들은 모두 본연의 임무로 돌아갔다. 그러나 4월 혁명은 무정부 상태를 불러왔다. 부산에서는 시위 군중들이 경찰서를 불태우고 버스와 트럭을 탈취하여 올라타고 시내를 질주했다. 경찰관들이 모조리 달아났기 때문에 치안이 어려웠다.

나는 계엄사령관으로서 국가의 재산을 파괴하는 자는 엄벌에 처하겠다고 선언했다. 부산은 비로소 안정되기 시작했다.

나는 이승만이 물러나자 여러 가지 착잡한 생각에 잠겼다. 쿠데타를 일으키려고 유원식 대령을 통해 많은 계획을 세웠으나 학생들의 혁명으로 자유당 정권이 붕괴되자 허탈했다.

"각하, 이제는 우리가 혁명을 해야 할 때입니다."

유원식 대령이 동래에 있는 관사를 찾아와서 말했다.

"혁명이 이루어졌는데 또 무슨 혁명을 하자는 거야?"

나는 퉁명스럽게 말했다. 유원식 대령이 머쓱한 표정을 짓자 나는 그에게 술을 따라 주면서 상황을 두고 보자고 말했다. 유원식은 3·15 부정 선거에 개입한 장성들이 모두 물러나지 않으면 군대가 개혁되지 않는다고 주장했다. 4·19 학생혁명으로 정권은 바뀌었으나 군부는 조금도 변하지 않은 상태였다. 소장 장교들은 이에 대해 곳곳에서 불만을 터뜨리고 있었다.

이때 이병하가 〈국제신문〉에 이승만을 단죄하지 말라는 사설을 실었다.

'이승만이 애국자라니 무슨 소리야?'

나는 이병하의 사설을 읽고 신문을 내팽개쳤다.

"이 주필의 사설을 읽은 우리 장교들이 굉장히 불만을 갖고 있습니다. 이 주필께서는 왜 이승만과 같은 독재자에게 동정을 베푸는 것입니까?"

나는 이병하를 만나 단도직입적으로 불만을 털어놓았다.

"이승만 대통령이 독재를 한 것은 사실입니다. 그러나 학생들과 시민들에게 항복을 하고 떠나는 모습을 보니까 좀 안쓰러웠습니다.

어쨌거나 대한민국을 만든 국부와 같은 존재 아닙니까?"

이병하는 조용한 목소리로 대답했다. 부산의 초량에 있는 한 횟집이었다. 〈국제신문〉의 고참 기자들 몇 명과 사령부의 참모들도 여러 명 참여한 회식이었다.

"저는 이승만 박사를 그렇게 평가하지 않습니다. 사사오입, 발췌개헌, 국민방위군 사건, 거창양민학살사건…… 등 무능하고 부패한 정치를 해왔습니다. 게다가 85세나 될 정도로 늙었으면서도 권력을 놓지 않으려고 깡패들까지 동원하고 경찰에게 총을 쏘게 해서 수많은 학생들과 시민들을 죽게 만들었습니다. 그런 사람을 국부로 인정하면 이 나라의 민족정기가 사라집니다. 언론인들은 역사를 기록하는 정론을 펴야 합니다."

나는 흥분해서 소리를 질렀다.

"거창 사건이나 국민방위군 사건은 그분이 저지른 것이 아닙니다. 어찌됐든 평생을 조국 독립을 위해 노력한 분이 아닙니까?"

"이승만 박사가 무슨 독립운동을 했습니까? 미국에서 교포들을 모아 놓고 연설이나 하고 미국 대통령에게 진정서나 올리고 한 게 독립운동입니까? 그 사람들 독립운동 때문에 우리가 독립한 건가요? 독립운동했다는 건 말짱 엉터리입니다, 엉터리!"

내가 흥분해서 언성을 높이자 이병하의 낯빛이 변했다.

"박 장군, 박 장군도 언젠가는 다른 사람들에게서 평가를 받게 될 때가 있을 것입니다."

"내가 무슨 유명한 인물이라고 후세의 평가를 받겠습니까? 만약 그런 일이 있다고 하더라도 상관없습니다. 그자들은 해방이 되자 독립운동을 했다면서 당파 싸움만 하다가 북한의 침략을 당했습니다."

"우리는 아직 민주주의가 서툴러서 그렇습니다."

"일본 청년 장교들이 일으킨 5·15사건과 2·26사건을 보십시오. 군인들이 나서서 정치 모리배들을 제거한 덕분에 일본이 오늘처럼 발전하지 않았습니까? 우리나라도 군인들이 전면에 나서야 합니다."

나는 취기가 올라 이병하를 거세게 몰아붙였다.

"박 장군, 그건 쿠데타입니다. 쿠데타가 뭐가 좋다고 그런 말을 합니까? 그놈들은 천황을 절대적으로 떠받드는 미치광이 같은 군국주의자들입니다. 그놈들 때문에 아시아가 얼마나 고통을 당했습니까? 일본이 민주주의 국가로 발전하는 것을 방해한 놈들인데 일본이 발전했다고 말하는 것은 언어도단입니다."

이병하도 얼굴을 붉히며 언성을 높였다.

"이 주필님, 저도 미국을 다녀왔습니다만 서양과 동양은 다릅니다. 우리나라는 군인들의 강한 정신력으로 나라를 새롭게 이끌어야 합니다."

"민주주의를 억압하면 안 됩니다. 그렇게 되면 역사의 죄인이 될 것입니다."

"역사의 죄인이오? 이승만이가 민주주의를 실천해서 국민들이 잘 살고 있습니까? 자유당과 민주당이 매일같이 권력 싸움만 하고 있으니 국민들이 헐벗고 굶주리는 것이 아닙니까? 이 나라를 근대화시키려면 군인 정신으로 밀고 나가야 합니다."

"박 장군, 어떠한 경우에도 민주주의를 버려서는 안 됩니다. 민주주의를 버린 군인 정신은 야만입니다."

"뭐요? 야만?"

나는 이병하의 말에 상을 박차고 벌떡 일어났다. 〈국제신문〉 기자들도 놀라서 일어나고 사령부의 참모들도 일제히 웅성거렸다. 나는 뒤도 돌아보지 않고 관사로 돌아오고 말았다. 이병하 앞에서 상을 박차고 일어난 것은 미안했으나 그의 말은 나를 완전히 무시하는 것이었다.

'민주주의를 버린 군인 정신은 야만이라고……?'

나는 관사의 거실에서 어둠을 노려보았다. 이병하의 말을 생각하자 피가 역류하는 듯했다. 나는 거실에 걸어 둔 목검을 들고 뜰로 나왔다. 뜰에는 깊은 어둠이 검은 상포를 펼쳐 놓은 것처럼 펄럭거리고 있었다.

'군인 정신은 야만이 아니라 기백이다. 죽음을 불사하는 군인 정신이야말로 참다운 기백이고 국가의 간성干城이 지녀야 할 덕목이다. 기백만이 불의를 벤다.'

모처럼 목검을 잡자 가슴속에서 피가 끓어올랐다. 대구사범학교에서 검도를 한 이래 한 번도 잡지 않았던 목검이었다.

'나는 반드시 이 나라를 개혁할 것이다!'

나는 목검을 움켜쥐고 어둠을 노려보면서 눈을 부릅떴다.

나는 이제 세상을 벨 준비가 되어 있었다.

혁명의 횃불을 들라

박정희는 비장한 각오로 5·16을 준비했다. 그에게는 5·16이 쿠데타가 아니라 혁명이었다. 이강호는 박정희의 자서전을 읽으면서 그의 비장한 내면을 들여다볼 수 있었다. 정국은 박근혜의 역사 인식 문제로 시끄러웠다. 인혁당에 대한 박근혜의 발언이 유가족을 분노하게 만들었고 유신체제에 대해서도 역사가 평가할 것이라는 이야기로 지식인들까지 역사 인식에 문제가 있다고 지적한 것이다.

야당을 비롯하여 많은 사람들이 대통령 후보로서 사과해야 한다고 주장했고 인터넷에 박정희를 살인자라고 비난하는 글을 올린 사람도 있었다.

'박정희의 어두운 그림자가 박근혜를 덮고 있구나.'

이강호는 박정희의 후광이 박근혜에게 긍정적이면서도 부정적으로도 작용한다고 생각했다.

서울에 도착해서 김충미를 만났다. 오랜 열차 여행에 지쳐 있던 차라 그녀의 호쾌한 이야기를 듣고 싶었다.

"내가 만난 사람들 대부분이 박정희를 긍정적으로 평가하더군."

이강호는 막걸리를 마시면서 김충미에게 말했다.

"박정희 신도들만 만나서 그렇지. 박정희에게 핍박당한 사람들을 만나 봐."

"인혁당 유가족?"

"그렇게 유명한 사람들을 만날 필요도 없어."

"그럼 누구?"

"유신체제로 감옥에 갔다가 온 사람들이 얼마나 많은지 알아?"

"유신을 잘했다는 말이 아니야. 박정희의 진심이 무엇이었냐는 거지?"

"무슨 진심?"

"쿠데타를 일으킨 이유."

"조국 근대화라면서?"

"그게 진실일까 하는 생각이 들어."

"김동환 의원 알아?"

"문화관광부장관을 지낸 의원?"

"그래, 전주 출신인데 3남매였대. 김동환 의원은 연세대 치대를 다녔어. 졸업하면 치과의사가 될 텐데 유신을 반대하다가 감옥에 갔어. 여동생이 중학생 정도밖에 되지 않았는데 옥바라지를 했어. 아버지는 일찍 돌아가시고 어머니가 농사를 지으면서 3남매를 키워 대학까지 보냈어. 졸업하면 의사가 된다고 좋아하다가 감옥에 갔으니 청천벽력 같았겠지. 어머니는 그것이 한이 되어 가슴앓이를 하다가 돌아가셨어. 김동환 의원의 동생은 그때부터 오빠 옥바라지를 했다고 하더군. 어린 소녀가…… 김대중 대통령 부인 이희호 여사, 전태일 열사 어머니 이소선 여사와 함께 민가협에 가입하고…… 그래서 그분들의 귀여움까지 받았다고 해. 그런데 혼자 집에 있으면 발자국 소리만 들려도 무서워 울었다고 하더군. 얼마 전에 그 여동생이 죽었어. 그런데 김동환 의원이 동생의 영정 앞에서 통곡을 했더군. 왜 그렇게 슬피 우느냐고 하니까 자신이 대학교에 다닐 때 여동생은 구로공단에서 일을 했대. 김동환 의원이 찾아가서 자신이 치과의사가 되면 중학교를 보내 주겠다고 하니 그렇게 좋아하더래. 그런데 유신을 반대하다 수배자가 되는 바람에 동생에게 치과의사가 될 수 없다고 했더니 공장 담 밑에 쪼그려 앉아 하염없이 울더래. 그 여동생 소원이 무엇이었는지 알아? 고등학교 졸업해서 사무원이 되는 것이었대. 김동환 의원이 통곡하고 울었던 것은 여동생을 중학교에 보내 주지 못했기 때문이래. 여동생이 구로공단에서 납인두질로 번 돈으로 대학 학비를 냈는데 자신은 동생에게 아무런 도움도 못 주고 수배자가 되었으니…… 그런 여동생은 나중에 검정고시를 봐서 고등학교 과정을 마친 뒤에 시집을 갔어…… 그런 여동생이 자신보다 먼저 죽은 것은 공단에서 고생을 했기 때문이라는 거야."

이강호는 김충미의 말에 가슴이 아팠다. 유신시대는 확실히 엄혹한 시대였다. 어떠한 이유로도 그 시대를 합리화시킬 수는 없었다.

* * *

4월 혁명은 수많은 학생들과 젊은이들의 피를 대가로 이승만 부패 정권을 쓰러뜨렸다. 나는 부산 계엄사령관으로서 치안 유지를 위해 애쓰면서 학생들의 고귀한 피로 정권이 무너지는 것을 비감한 기분으로 바라보았다. 그러나 학생혁명이 모든 것을 혁신할 수는 없었다. 혁명 주체인 학생들은 수권을 할 수 없었고 탄압을 받던 야당 정치인들도 우왕좌왕하면서 나라를 제대로 이끌지 못하고 있었다. 야당 정치인들은 국가를 발전시킬 지도력과 추진력이 없었다. 이병하 주필과 토론했을 때처럼 나는 군인들이 나서야 한다고 생각했다.

나는 주말마다 서울에 올라와 장군들을 만나고 영관 장교들과 바쁘게 회합했다. 내가 서울로 올라오자 김재춘 대령도 찾아와서 인사했다.

"김 대령, 서울에서 수고가 많았소."

나는 김재춘의 손을 잡으면서 말했다.

"아닙니다. 제가 뭐 한 일이 있습니까? 각하 지시대로 계엄군에게 실탄을 지급하지 않은 것이 천만다행이었습니다."

"그래, 그것은 아주 중요한 결단이었어. 군인들에게 실탄이 지급되었다면 큰일 날 뻔했어."

"각하 덕분에 제가 죄인이 되지 않았습니다. 지금 생각하면 소름이 끼칩니다."

"앞으로는 어떻게 될 것 같소?"

"정국이 개편되지 않겠습니까? 민주당에서 내각제를 원하니 내각제가 될 것입니다. 지금은 비록 과도 정부지만 헌법을 개정하고 선거를 실시할 것입니다. 그러면 민주당 정부가 들어서는 거지요."

"민주당은 정권을 잡아도 잘하지 못할 것 같아. 신구파의 대립이 너무 치열해. 강력한 지도력을 갖고 있는 인물도 없고……."

나는 허공을 싸늘하게 응시하면서 뇌까렸다. 민주당이 허약하다는 생각은 오래전부터 하고 있었다.

육군 정보국에 근무하는 김종필이 그의 처이자 나의 조카인 영옥이와 함께 집으로 찾아온 것은 저녁 시간이었다. 조카인 영옥에게 아내와 이야기를 나누라고 하고 나는 김종필과 마주 앉았다. 그는 정보국에 근무하고 있었기 때문에 군대의 사정에 대해 자세히 알고 있었다.

"인민군의 동향은 어떤가?"

나는 4월 혁명으로 어지러운 남한의 정정政情을 틈타 북한 공산군이 남침해 올까 봐 긴장하고 있었다. 아내가 저녁상을 차려 왔다. 나는 아내에게 술도 들이라고 말했다.

"인민군의 동태는 별다른 조짐이 없습니다."

김종필이 숟가락을 뜨면서 말했다.

"그자들이 왜 조용하지?"

"미군이 주둔하고 있기 때문입니다."

"그래, 맞았어. 이승만 대통령이 한미상호방위조약 하나는 잘 체결했군."

나는 웃으면서 고개를 끄덕거렸다.

"독재자도 애국할 줄은 압니다. 독재자보다 더 나쁜 것이 무능한 지도자입니다."

"그래, 그 말은 맞아. 어서 들게."

나는 수저를 들고 저녁밥을 뜨기 시작했다. 아내와 영옥이 차린 저녁상에는 푸성귀만 잔뜩 올라와 있었다. 나는 모처럼 찾아온 조카사위 김종필을 위해 고기를 차리지 않은 아내가 서운했으나 장군이라고 해도 봉급이 넉넉하지 않았다.

"각하께서는 여전히 청렴하게 사시는군요."

"그래, 부정을 할 재간이 없으니 빈한하게 사는 거지."

나는 김종필을 응시하면서 씁쓸하게 웃었다. 장교들을 자주 만나면서 집안의 살림은 더욱 궁색해지고 있었다. 미국의 막대한 원조가 점점 줄어들어 국가 재정이 어려워지자 군대의 장교 월급도 형편없이 적었다. 그러나 모두가 어려운 시절이었기 때문에 인내하고 있었다. 날씨는 따뜻했다. 늦은 봄을 지나 초여름의 문턱으로 들어서고 있었다. 4월 혁명이 한창일 때 만발했던 샛노란 개나리꽃은 이미 잎사귀가 모두 떨어지고 효창동 주택가엔 아카시아 꽃이 하얗게 피어 남풍이 불 때마다 독한 꽃향기를 골목으로 날려 보냈다.

김종필의 계급은 중령, 이제 서른네 살이었다. 그는 군의 고위층에 불만을 갖고 있었다. 6·25라는 3년 동안의 처절한 동족상잔을 겪으면서 군대는 불과 몇 년 사이에 기하급수적으로 비대해져 있었다. 자격 미달의 장성에서부터 자유당 독재 정권에 아부하며 출세만을 일삼아 온 군의 간부들도 적지 않았다.

"각하, 지금은 과도 정부입니다. 새 정부가 들어서면 반드시 우리 군대도 숙군이 단행되어야 합니다."

김종필이 저녁을 먹다 말고 입을 열었다. 나도 군대가 숙군이 되어야 한다는 데 이의가 없었다. 부패한 군대의 고위 장성들로는 북한 공산군과 대치하고 있는 국군을 정예화할 수 없다고 생각했던 것이다. 그러나 숙군은 소장 장교의 의지로 되는 것이 아니었다. 새로운 헌법에 의한 정부를 국민들이 선출하면 신정부의 강력한 의지에 의해 숙군이 되어야 하는 것이다.

나는 김종필의 말에 대답하지 않았다. 벌써 긴 해가 지고 날이 어둑하게 저물고 있었다. 골목에서는 여자아이들이 고무줄놀이를 하는지 노랫소리가 끊어졌다 이어졌다 하며 한가롭게 들려오고 있었다.

"각하, 제가 나서겠습니다."

내가 침묵을 지키자 김종필이 굳은 얼굴로 말했다.

"자네가 나선다고?"

"숙군에 대한 노력 없이 우리 군이 어떻게 발전하겠습니까?"

김종필의 총대를 짊어지겠다는 말에 나는 조심하라고 당부할 수밖에 없었다. 다시 부산으로 돌아오자 군수기지 사령관을 하면서 모든 촉각을 서울에 집중했다. 과도 정부는 빠르게 정치 일정을 추진해 나갔다. 헌법이 개정되고 민주당 정권이 들어섰다. 민주당은 신구파가 치열하게 대립하는 바람에 정치 일정이 혼란에 빠졌고 국정을 수행하는 일은 지지부진해졌다.

나는 깊은 생각에 잠겼다. 서울은 위관급과 영관급 장교들의 불만이 팽배해 있었다. 무슨 일이라도 하지 않으면 소장 장교들이 일을 낼 것 같은 분위기였다. 영관 장교들은 그들 나름대로 숙군 운동에 나설 움직임을 보이고 있었다.

'참모총장을 물러나게 해야 한다. 그런데 누가 참모총장을 교체하는가? 그들도 다 같은 무리들이 아닌가. 내가 나서지 않으면 안 돼. 이제는 행동이 필요한 시기야.'

나는 참모총장부터 물러나야 군부를 숙정하는 일이 순조로워진다고 생각했다. 그러나 송요찬 참모총장은 나에게 여러 가지 은혜를 베푼 사람이었다. 그가 사단장이나 군단사령관으로 있을 때 나를 참모장으로 발탁해 준 일 때문에 괴로웠다. 나는 며칠 밤을 뜬눈으로 새우며 고민을 했다. 참모총장에게 물러나라고 요구하는 것은 하극상에 해당했다. 이러한 일을 벌이면 군대에서 추방될지도 모를 일이었다. 그러나 사사로운 인정과 개인적 안위에 매달려서는 안 된다고 생각했다. 어떤 불이익을 당하더라도 내가 전면에 나서야 했다.

…… 참모총장 각하, 각하로부터 많은 은고를 입고 각하를 존경하는 제가 이러한 서한을 보내게 된 것을 진심으로 가슴 아프게 생각합니다. 그러나 사사로운 정보다 우선하는 것이 대한민국 국군의 앞날을 위해 바람직하다는 생각에 서한을 보내는 것이니 깊이 양지하시기 바랍니다. 목하 3·15 부정 선거와 관련하여 많은 사람들이 체포되고 책임을 추궁당하고 있습니다. 그런데 우리 군은 아무도 책임을 지지 않고 있습니다. 각하께서 책임을 져야 하는 것은 군의

최고 지휘관이기 때문입니다. 미구에 반드시 군대의 숙정에 대한 바람이 불 것으로 예상됩니다. 각하께서 비록 4·19 이후에 군을 잘 통솔하셨다고 해도 부정 선거의 책임을 면하기는 어렵습니다. 가급적 조속히 진퇴를 결단하시는 것이 국민과 군의 참뜻에 맞는다고 생각합니다. 각별한 은혜를 입은 부하가 감히 진언을 드리는 충언을 경청하십시오. 외람되나 각하와의 두터운 신의에 의지하여 이 글을 올리오니 두루 해량하시어 본인이 심사숙고한 성심을 참작하여 주시기를 바랍니다⋯⋯.

나는 편지를 써 놓고 몇 번이나 되풀이하여 읽었다. 물러날 때는 물러나야 한다. 나는 송요찬 육군 참모총장에게 퇴역을 건의하는 서한을 작성한 뒤에 작전 장교 손영길 대위를 불렀다. 손영길 대위는 훗날 해군 참모총장이 되는 인물이다.

"각하, 부르셨습니까?"

손영길이 사령관실로 들어와 거수경례를 했다.

"손 대위, 서울에 좀 다녀와라."

나는 손영길에게 편지 봉투를 내밀었다.

"각하, 서울 말씀이십니까?"

"그래, 참모총장 각하에게 이 서한을 전달해."

"예."

손영길이 다시 거수경례를 하고 물러갔다.

송요찬 육군 참모총장은 서한을 받자 전신을 부르르 떨었다. 그는 내 편지를 육군본부의 고위 장성들에게 회람시키면서 나를 맹렬하게 비난했다고 한다.

'송 장군이 끝내 물러나려고 하지 않는군.'

송요찬 장군의 분노를 전해 듣고 씁쓸해하지 않을 수 없었다.

"각하, 아무래도 옷 벗을 각오를 하셔야겠습니다. 송 총장이 각하의 옷을 벗기겠다고 야단입니다."

김재춘 대령이 부산으로 다급하게 전화를 걸어 왔다.

"각오하고 있었소."

막상 김재춘의 말을 듣자 가슴이 싸하게 저려 왔다.

"각하, 감옥에 가실 각오도 하셔야 합니다. 송 총장이 여간 분노하고 있는 것이 아닙니다."

"마음대로 하라고 하시오. 내가 그런 것이 두려웠으면 편지를 보내지도 않았소."

나는 김재춘 대령의 보고에 화가 났다. 송요찬 총장에 의해 구속되어도 어쩔 수 없다고 생각했다.

"3·15 부정 선거에 군이 개입한 것은 사실이다. 내가 그러한 명령을 내린 것은 분명히 잘못이다. 그러나 학생들의 혁명 이후에 나는 군을 잘 단속시켜 민주 정권이 들어설 수 있게 했다. 지금 일부 불순 분자가 나를 비판하고 있다. 이것은 분명히 하극상이다. 나는 결단코 하극상을 용서하지 않겠다."

송요찬 장군은 노기가 충천하여 육군본부에 소속되어 있던 전 장교들을 연병장에 집합시키고 분노를 터뜨렸다. 육군본부에는 기라성 같은 장교들이 있었다. 송요찬 장군이 나를 용서하지 않겠다고 비난하자 영관 장교들이 일제히 웅성거렸다. 장교들은 심정적으로 나를 지지하고 있었다.

"부산의 박정희 장군이 송요찬 장군을 참모총장에서 물러나라고 했다면서? 작달막한 체구에 어디서 그런 강단이 나왔지?"

"그런데 그거 하극상 아니야?"

"하극상이고 뭐고 4·19 정신으로 군도 개혁되어야 하는 거야! 박정희 장군 말이 맞아."

"박정희 장군이 대체 어떤 사람이야?"

"청렴한 장군이래. 다른 장군들은 부정 선거에 개입을 했는데 박장군만은 부정 선거에 개입을 하지 않았다는군. 그런 분이 우리 군을 이끌어야 돼."

나에 대한 육군본부 장교들의 평판은 무척 호의적이었다. 김종필이 5월 5일 어린이날에 찾아와서 송요찬 장군의 태도와 장교들의 반응을 전해 주었다. 그래도 육군본부 장교들이 나를 지지하고 있다는 사실이 적잖은 위로가 되었다. 나는 김종필을 데리고 해운대의 한 횟집에서 소주잔을 기울였다.

"참모총장에게 보낸 서한이 오히려 각하에게 도움이 되었습니다. 영관급 장교들은 모두 각하께서 새로운 리더가 되어야 한다고 말합니다."

김종필의 위로를 들었으나 기분은 소주 맛처럼 씁쓸했다. 송요찬 장군은 반드시 그냥 있지 않을 것이고 결과에 따라서는 내가 물러날 수밖에 없게 되는 것이다.

"서울의 영관 장교들은 어떻게 할 거야?"

"영관 장교들도 그냥 있지 않기로 했습니다."

"그냥 있지 않으면 어떡하겠다는 거야?"

"일단 숙군 운동을 벌이기로 했습니다."

"숙군 운동?"

"육사 8기를 중심으로 뭉칠 작정입니다. 참모총장 물러나라는 연판장을 돌릴 생각입니다."

"그래, 이제는 젊은 사람들이 나서야 돼."

"숙군을 하기 위해서는 각하 같은 분이 참모총장이 되어야 한다고 생각합니다."

"참모총장은 아무나 하는 줄 알아? 내가 뒤에서 밀어 줄 테니 열심히 해봐. 군인은 행동할 줄 알아야 돼."

나는 김종필을 격려하여 서울로 올려 보냈다.

마침내 송요찬 장군은 나를 압박하기 시작했다. 그는 부산에 헌병대를 파견하고 최영희 중장과 서종철 소장을 파견하여 나에 대한 조사를 실시했다. 나는 최영희 중장이 머물고 있는 동래 육군 휴양소로 달려갔다.

"각하, 부산에 오셨으면 사령부로 먼저 오시지 왜 여기에 계십니까? 제가 사령부로 모시겠습니다."

나는 최영희 중장에게 거수경례를 했다. 최영희 중장은 군사영어학교 출신으로 훗날 국방부장관과 유정회 의장을 지낸다.

"박 장군, 당신은 송요찬 총장하고는 친한 사이로 알고 있는데 왜 나에게 당신을 조사하라는 명령을 내리게 만들었소?"

최영희 중장이 나를 쏘아보면서 말했다.

"알고 계시는지 모르겠습니다만 건의서를 올린 것 때문에 그러십니다. 사적으로는 아무 감정이 없습니다."

나는 송요찬 장군에게 사적인 감정이 전혀 없다는 사실을 설명했다.

"무슨 건의서요?"

"각하, 소문 못 들으셨습니까?"

"못 들었소."

"송 총장께서 3·15 부정 선거를 총지휘했으니 책임을 지고 물러나시라는 것이었습니다. 부대로 가시지요."

나는 최영희 중장을 모시고 군수기지 사령부로 와서 의장대 사열을 받게 하는 등 정중하게 예우했다. 이어서 김용순 참모장, 박태준 인사참모, 윤필용 중령, 이낙선 공보실장 등 부하들을 배석시킨 뒤에 현황 보고를 했다. 송요찬 총장에게 올린 편지의 사본도 보여 주었다. 최영희 중장은 정색을 하고 편지를 읽어 내려갔다.

"송 총장이 물러나야 할 사람이라는 것은 나도 알고 있소. 그러나 이것은 하극상이 아니오?"

건의서 사본을 전부 읽은 최영희 중장의 얼굴은 한층 부드러워졌다.

"저는 사적으로 편지를 보내 권고했을 뿐입니다."

"부정 선거에 책임이 없는 사람이 어디 있겠소?"

"송 총장은 적극적으로 개입한 사람입니다."

"고위 장성들이 물러나면 당신이 참모총장을 하시오."

최영희 중장이 껄껄대고 웃으면서 말했다. 최영희 중장도 나의 의견에 적극적으로 찬성하고 있었다.

"뭐야? 해병대가 혁명을 준비하고 있다고?"

영관 장교들과 위관 장교들의 불만이 점점 고조되면서 여기저기서 혁명을 거론하는 장교들이 많아졌다. 나는 유원식을 통해 해병대가 혁명을 모의하고 있다는 말을 듣고 깜짝 놀랐다.

"해병대에 육군이 뒤질 수는 없습니다. 누군가는 반드시 혁명을 합니다."

"알았어."

나는 유원식의 말을 듣고 깊은 생각에 잠겼다.

'유원식의 말대로 내가 혁명을 하지 않아도 누군가는 한다. 그럴 바에야 내가 하는 것이 낫다.'

나는 그때부터 적극적으로 혁명을 위해 자료들을 조사하기 시작하는 한편 부하들과 혁명에 대한 모의를 하기 시작했다. 그러자 내가 노골적으로 혁명을 거론하면서 동지들을 포섭한다는 소문이 군내에 널리 퍼졌다.

5월 8일은 어버이날이었다. 김종필은 육사 8기 동기생인 김형욱, 길재호, 신윤창, 석창희, 최준명, 옥창호, 오상균 중령을 만나 국방부 장관에게 〈정군 건의서〉를 연판장 형식으로 제출하기로 결의했다. 연락과 문안은 김종필이 맡기로 하고 각자 10명씩 정예 장교를 포섭하기로 했다. 그러나 이들이 제대로 활동을 하기도 전에 최준명 중령의 실수로 '군사혁명이 일어날지도 모른다' 라는 소문이 송요찬 장군에게 보고되었다. 송요찬 장군은 이들을 '국가 반란 음모 혐의' 로 구속했다. 그러나 이들의 구속은 육군의 중추적인 자리에 앉아 있는 8기생들의 반발을 불러일으켰고, 8기생을 중심으로 광범위한 구명 운동이 전개되었다. 8기생들이 막강한 실세들이었기 때문에 군단장이나 사단장들은 이들의 눈치를 보지 않을 수 없었다.

"아무래도 송 총장이 물러나야 할 것 같소."

김종오 육군 소장과 김계원 육군 소장이 송요찬 총장을 찾아가 강력하게 요구했다.

"젊은 장교들의 의기義氣를 마음 든든하게 생각하고 사퇴하겠소."

송요찬은 두 장군이 용퇴하라고 압박을 가하자 도리 없이 총장직에서 사퇴한다는 성명서를 발표했다. 정부는 후임에 최영희 중장을 지명했다. 그러나 정군파 장교들은 최영희 중장의 육군 참모총장 지명에 일제히 반대하며 나를 육군 참모총장에 추대하려는 움직임을 보였다. 일부 장교들은 최영희 중장을 직접 찾아가 총장 취임을 거부할 것을 요구했다. 그러나 최영희 중장은 노발대발하여 중견 장교들을 마구 질책했다.

"뭣이 어째? 야, 이놈들아! 시국이 아무리 어수선하다고 해도 영관 장교가 감히 장군에게 물러나라는 말을 할 수 있어? 보자보자 하니까 하룻강아지 범 무서운 줄 모르고 기고만장해 있어. 네놈들은 전부 영창이야."

최영희 총장이 대노하여 정군파 장교들에게 소리를 질렀다.

"우리는 영창에 갈 각오를 하고 있습니다."

정군파 장교들은 최영희 장군의 위협에도 불구하고 당당하게 맞섰다. 육군 지휘부는 이미 명령이 통하지 않고 있었다.

6월 9일, 육군본부에서는 육군 주요 지휘관 회의가 열리게 되어 있었다. 나는 부산에서 서울로 올라와 지휘관 회의에 참석했다.

"자유당 치하에서 우리 군이 얼마나 부패했습니까? 우리 군의 부패는 전적으로 장성들이 책임져야 합니다! 이처럼 군의 부정이 전군에 독버섯처럼 만연해 있는데 아무도 책임을 지지 않겠다는 것입니까? 우리 군의 부정 척결은 4월 혁명 정신에 입각하여 고위 장성들이 모두 자진하여 사퇴하는 것뿐입니다."

나는 고위 장성들 앞에서 신랄하게 열변을 토했다. 이제는 파워 싸움을 할 수밖에 없다고 판단했다. 나는 내 뒤에서 지지하는 영관 장교들의 힘을 믿고 있었다. 그들의 지원을 받는다면 부패한 장성들을 몰아내고 군을 장악할 수 있을 것이라고 생각했다.

"박 장군, 장군이 뭔데 우리 보고 물러나라는 것이오?"

전군의 중요 지휘관들은 내가 강렬하게 밀어붙이자 얼굴이 붉어졌다.

"우리가 물러나면 박 장군도 물러날 거요?"

"물러나겠습니다."

나는 부산으로 돌아와 사태의 추이를 기다렸다.

"각하, 숙군으로는 안 됩니다. 혁명을 해야 합니다."

유원식 대령이 나에게 말했다. 그동안 정국도 숨 가쁘게 돌아가고 있었다. 과도 정부는 국회와 함께 헌법을 내각 책임제로 바꾸었고 새로운 헌법에 의해 제2공화국 총선거가 실시되어 민주당이 압승을 거두었다. 국회는 제2공화국 초대 대통령에 윤보선, 국무총리에 장면을 선출했다. 국방부장관에는 현석호, 최영희 참모총장은 연합참모의장, 최경록 중장은 육군 참모총장에 임명되었다. 정군파 장교들은 연합참모의장인 최영희 의장을 목표로 정군 운동을 집요하게 계속해 나갔다.

나는 광주에 있는 1관구 사령관으로 좌천되었다.

'결국 나를 군대에서 몰아낼 작정이군. 그렇지만 이대로 물러나지는 않을 것이다.'

나는 광주로 좌천되면서 반드시 혁명을 성공시키겠다고 결심했다. 그리고 계속해서 동지들을 포섭하기 시작했다. 장면 정권은 혼란한 국가를 제대로 영도하지 못하고 있었다. 학생혁명이 승리로 끝나자 각종 이익 단체들이 데모를 하기 시작했고, 경찰관들은 제복이 마음에 들지 않는다며 데모하는 일까지 벌어졌다.

여름이 가고 가을이 왔다. 김종필은 그해 내내 정군 운동에 매달려야 했다. 최경록 장군은 참모총장에 취임하자 미국 국방성 군원국장 파머 대장을 초청했다. 파머 대장은 한국을 떠나며 성명을 발표할 때 한국에서 일어나고 있는 정군 운동에 대해 연합참모의장인 최영희와 다음과 같은 공동 성명서를 발표하여 한국 군부를 충격 속에 몰아넣었다.

…… 한국의 소장 장교들이 주장하는 대로 장성들에 대한 정군이 단행되면 전투 경험이 많은 장성들을 잃게 됨으로써 결과적으로 한국군의 전투력을 크게 약화시키는 행위가 된다…….

　최경록 참모총장은 파머 대장의 성명이 한국의 주권을 침해하는 것이라는 반박 성명을 발표하고 육군본부 참모회의에서도 지휘관들이 흥분하여 비공식 결의를 하기까지 했다. 육군사관학교를 졸업한 각 기별 대표들은 최영희 연합참모의장의 면회를 요구하고 나섰다.

　9월 9일 오후 6시 30분, 장관 면담을 요구하기 위해 충무로 충무장에 모인 정군파 장교들은 감시의 눈이 있을 것을 우려하여 지프와 택시에 나누어 타고 한강 놀잇배로 장소를 옮겼다. 이 자리에서 정군파 장교들은 9월 10일 아침 10시 30분, 국방부 앞 다방에서 만나 국방부장관을 면회하고 정군을 단행할 만한 인물을 참모총장으로 임명할 것을 건의하기로 했다. 9월 10일, 정군파 장교들은 약속대로 국방부 앞 다방에서 만나 국방부장관을 찾아갔다. 그러나 국방부장관은 출타 중이어서 총무국장인 정래혁 소장만 만나고 충무장으로 돌아왔다.

　"장관을 만나지도 못하고 이게 무슨 꼴이야?"

　정래혁 소장의 설득을 받고 충무장으로 돌아온 장교들은 불만에 가득 차서 투덜거렸다.

　"이대로 물러날 수는 없어. 어떻게 하든지 우리 국군을 깨끗하게 만들어야 돼."

　정군파 장교들은 끈질기게 정군 운동을 추진해 나갔다. 장면 총리의 면담도 계속 추진했다. 그러는 동안 해가 바뀌었고 이들의 정군 운동은 군부의 고위 장성들로부터 하극상 또는 국가 반란 음모 사건으로 규정되어 구속 사태까지 벌어졌다.

나는 그때 대구의 2군 부사령관으로 전출되어 있었다. 2군 부사령관 역시 좌천이었다. 나는 옷을 벗을 날이 머지않았다는 사실을 직감했다. 고위층에서 내 옷을 벗기지 못하는 것은 영관 장교들의 반발 우려 때문이었다.

김종필은 방첩대에 체포되어 헌병대 감방에 수감되어 조사를 받았다. 벌어진 마룻바닥에서는 찬바람이 휙휙 올라오고 벽에서는 차가운 냉기가 뻗쳐 왔다. 김종필은 다 해진 모포 두 장으로 한겨울의 냉기를 견뎌 내야 했다. 그렇게 헌병대 감옥에서 1주일을 보냈을 때 헌병감이 김종필을 조사실로 불러냈다.

"김 중령, 네가 옷을 벗고 나가라. 안 나가면 네 뒤에 있는 박정희 소장을 빨갱이로 몰아서 없애겠다."

헌병감은 단도직입적으로 김종필을 몰아세웠다.

"도대체 왜 이러는 겁니까?"

김종필은 어이가 없어서 헌병감을 똑바로 쳐다보았다.

"정군 운동은 하극상이다! 아무리 취지가 좋아도 영관 장교들이 고위 장성들을 군에서 내쫓겠다는 것이 말이 되는가?"

"군은 부패했습니다. 군이 깨끗하지 않으면 북의 위협에 어떻게 대처합니까?"

"그 따위 헛소리할 필요 없다. 너희들만 국가에 충성하고 있는 줄

아나? 자만에 빠진 놈들 같으니. 네가 옷을 벗어라. 그 길만이 박 소
장을 살리는 길이야."

"제가 옷을 벗어야 한다는 것은 헌병감님의 의사입니까?"

"참모총장님의 방침이다!"

김종필은 착잡했다. 참모총장의 의사가 그렇다면 더 이상 버틸 수
가 없었다. 그가 소신을 굽히지 않으면 내가 결코 무사하지 못할 것
이라는 말에 약해졌다고 했다.

"내가 옷을 벗으면 박정희 소장에게는 정말 아무 책임을 묻지 않
겠습니까?"

"그래 인마. 너와 석정선이만 예편하면 된다!"

김종필은 헌병감의 다짐에 비통한 마음으로 예편원을 쓰고 헌병
대 감옥에서 풀려 나왔다. 집에 돌아온 김종필은 서러움과 분노로 엉
엉 소리 내어 울었다 한다. 서른다섯의 김종필, 10여 년을 군에서 생
활했는데 그 터전을 타의에 의해 떠나게 되니 참을 수가 없었던 것이
다. 그는 그날 사나이로서 처음으로 통곡했다 한다. 그날은 2월 15일
로 김종필 부부의 결혼 10주년 기념일이기도 했다. 나는 김종필이
예편했다는 말을 전해 듣고 가슴이 아팠다.

'이놈들, 결코 용서하지 않을 것이다.'

나는 군수기지 사령부 관사에서 목검을 꺼내 들고 수없이 어둠을
베었다.

2월 18일, 김종필이 예편하고 사흘째 되는 날 8기생 장교들이 그
의 집에 모였다. 그들은 김종필과 석정선 중령이 예편을 당한 사실에

울분을 토했고 그 자리에서 거사를 하자고 결의했다. 다음 날 김종필은 대구로 나를 찾아왔다.

"각하! 동기생들의 뜻이 모아졌습니다. 이젠 해야겠습니다!"

김종필은 나에게 거사의 뜻을 분명히 했다.

"하자! 서울은 네가 맡아라. 부산과 대구는 내가 맡을 테니까."

내가 단호하게 말했다. 혁명은 이미 초읽기에 들어가 있었다. 나는 내가 앞에 나서지 않으면 모든 것이 끝장이라고 생각했다.

정치권은 우왕좌왕했다. 장관들은 국사를 본다며 요정이나 호텔에서 점심을 먹었다. 특히 농림부 장·차관은 매일같이 요정에서 점심 식사를 하여 농림부의 빚이 140만 환이나 되었다. 자유당 시대의 요정 정치가 민주당 시대에도 계속되고 있었다.

5·16이 일어난 후에 혁명 정부의 집계에 의하면 이승만의 자유당 정권과 민주당 정권이 요정 등에 진 빚은 당시 화폐로 모두 4억 5,000만 환이나 되었다. 이중에 자유당 정권이 약 3억 4,000만 환, 민주당 정권이 1년이라는 짧은 기간에 무려 1억 1,000만 환이라는 빚을 졌다.

장면 국무총리는 반도호텔에서 국무를 보았다. 총리 관저가 미처 준비되지 않은 탓도 있었으나 호텔에서 정무를 보는 까닭에 민주당 의원들, 장관들도 수시로 호텔을 드나들었다. 사회 기강이 바로잡힐 리 없었다. 군의 요직에 있는 장교들이 정군에서 혁명으로 방향을 바꾼 것은 이러한 시대적 혼란도 배제할 수 없었다.

'강력한 리더십이 필요해! 구악을 깨끗이 청소하지 않으면 4월 혁

명은 물거품에 지나지 않아.'

혁명을 하겠다는 나의 의지는 무섭게 불타올랐다. 장면 정권의 우유부단, 높은 실업률, 사회에 만연한 데모 풍조, 부패와 비리……. 구악舊惡으로 상징되는 이러한 모든 것을 일소해 버릴 작정이었다. 8기생들은 독자적으로 움직였다. 김종필은 혁명을 총괄하는 총무를 맡고 김형욱, 정문순은 정보, 인사는 오치성, 경제는 김동환, 사법은 길재호, 작전은 옥창호, 신윤창 등이 맡기로 결정했다.

"당신 요즘 무슨 일을 하고 있어요?"

하루는 부하들과 영관 장교들이 자주 집으로 찾아오는 것을 의아하게 생각한 아내 육영수가 정색을 하고 물었다. 나는 잠시 아내를 쳐다보았다. 아내에게 내가 목숨을 걸고 혁명을 한다는 말을 할 수가 없었다. 내 목숨은 아내와 아이들과도 관련이 있기 때문이다.

"남자가 하는 일이오. 그러니 당신은 참견하지 마시오."

나는 아내에게 무뚝뚝하게 말했다. 아내는 1958년에 낳은 아들 지만을 안고 있었다.

"우리들하고도 관련이 있잖아요?"

아내의 목소리는 전에 없이 또렷했다.

"뭔가 위험한 일을 하고 있다는 것을 알 수 있어요. 그렇죠?"

"그렇소."

"무슨 일이에요?"

"동지들의 목숨이 걸린 일이라 말할 수가 없소. 그러니 더 이상 묻지 말아요."

"당신 목숨도 걸려 있겠죠?"

"그렇소."

"목숨을 걸 만한 일이라면 그만큼 큰일이겠죠. 당신 개인의 이익을 위해서 하는 일이 아니라면 묻지 않겠어요."

아내는 착잡한 얼굴로 말했다. 그러나 그 이후에는 한마디도 묻지 않았다. 서울 신당동에 있는 나의 집에는 혁명을 주도할 핵심 멤버들이 계속 모여들었다. 이들은 우리 집에서 거사를 다시 한 번 굳게 다짐하고 국민과 가족 앞으로 유언장을 쓴 뒤, 실패할 경우 다 함께 목숨을 바친다는 서약을 했다.

"이제 우리는 죽음을 같이하기로 서약했다. 단 한 사람이라도 배신을 하면 우리 자신은 물론 가족들도 모두 죽는다."

나는 8기생들이 서약서를 쓰는 동안 머리를 숙인 채 눈물을 흘렸다. 혁명 준비는 3월이 되자 더욱 빠르게 진행되었다. 나는 3월경에 이미 장경순, 한웅진, 두 준장을 포섭하는 데 성공했고 4월에는 이주일 소장, 채명신 소장, 최홍희 소장까지 포섭했다. 김종필은 눈코 뜰 새 없이 바빠졌다. 나는 김종필과 머리를 맞대고 혁명 공약을 만들고 포고령 초안을 작성하고, 혁명이 성공하면 발족시킬 혁명위원회를 구성했다. 혁명위원회의 이름은 국가재건최고위원회, 의장은 장도영 육군 참모총장, 부의장은 내가 맡게끔 시나리오를 짰다. 1961년 5월 16일 새벽 3시로 잡힌 혁명군의 서울 장악 작전 계획도 세웠다.

"제1대는 김포의 공수단이 맡고 박치옥 대령이 지휘한다. 박치옥 대령은 한강대교 진입 시 선두를 맡고 헌병대가 방해를 하면 이를 제거한다."

김종필이 작전 계획서를 짜서 나에게 보고했다.

"제2대는 김포의 해병여단을 맡고 김윤근 준장이 맡는다. 공수단이 부득이한 사정으로 선두를 맡지 못할 경우에는 해병대가 선두를 맡는다."

"그래?"

"예, 제3대인 부평의 33사단은 오학진 중령이 지휘한다."

"오학진이 8기인가?"

"예, 제4대인 수색의 30사단은 이백일 중령이 지휘한다."

"음."

김종필이 계속 작전 계획서를 읽어 나갔다. 나는 고개를 끄덕거렸다.

"제5대인 동두천의 6군단 포병단은 문재준 대령이 지휘한다. 이상입니다."

김종필이 보고를 마쳤다. 나는 제5대까지 약 4,000명으로 서울을 장악할 생각이었다. 물론 야전군이 혁명군을 진압하기 위해 부대를 출동시킬 수도 있지만, 각 사단의 참모는 거의 8기생 또는 7기생이 맡고 있었다. 8기생들이 사단장을 움직이지 못하도록 포섭하거나 중립을 지키게만 한다면 야전군이 서울까지 진출하는 것은 거의 불가능했다. 아울러 혁명이 성공할 때까지는 대외적인 이미지를 고려하여 장도영 총장을 혁명의 얼굴로 내세운다는 전략도 세웠다.

"군대는 동원을 하면 되지만, 거사 자금이 필요하잖아?"

"그 문제가 가장 중요합니다."

나는 거사 자금을 마련하기 위해 백방으로 뛰었다. 그러나 혁명이 임박하면서 나에 대한 동정이 수사 기관에 탐지되었다. 군 수사 기관에서는 신당동 우리 집 앞에 수사관들을 배치하여 감시했다. 군 수사 기관이 감시하는 것을 알게 되자 등줄기로 식은땀이 흘러내리는 듯한 기분이 들었다. 아내도 내가 무엇을 하는지 눈치채고 있어서인지 바짝 바짝 말라 갔다. 대문 밖에서 진을 치고 있는 군 수사 기관 수사관들이 항상 신경에 거슬렸다.

"각하, 혁명 공약을 인쇄할 사람이 필요합니다."

김재춘이 나를 찾아와서 말했다.

"그렇잖아도 그 문제를 생각하고 있었소. 비밀을 지켜야 하니까 우리가 믿을 수 있는 사람이어야 하오."

"이주일 장군님의 친척 중에 인쇄업자가 한 사람 있습니다. 김종필이를 시켜서 한번 만나 보십시오."

"알았소."

김종필이 먼저 광명인쇄소의 이학수 사장을 만난 뒤에 나에게 데리고 왔다.

"이학수 씨가 우리 일에 협조하겠다고 했나?"

"예."

김종필이 긴장한 표정으로 고개를 끄덕거렸다.

"이 형, 잘 오셨소."

나는 이학수와 악수를 나누고 한웅진 준장을 소개해 주었다. 그때

노란 스커트를 입은 아내가 차를 가지고 들어왔다.

"여보, 인사하시오. 이분은 이주일 장군의 친척 되시는 이학수 사장님이오."

"말씀 많이 들었어요."

아내가 인사를 하고 밖으로 나가자 나는 이학수를 데리고 안방으로 들어갔다. 옷장에는 혁명 공약과 포고문, 혁명 취지문 초안이 들어 있었다. 이학수의 얼굴이 팽팽하게 굳어졌다.

"이 정도를 인쇄하려면 얼마나 걸릴 것 같소?"

"몇 장이나 인쇄해야 합니까?"

이학수가 마른침을 꿀꺽 삼켰다.

"각 50만 장이오."

"자정에 시작하면 새벽 6시까지 해야 할 것입니다."

"그러면 잘 좀 부탁합시다."

나는 이학수에게 교정 원고는 거사 당일 밤에 김종필을 통해 보내겠다고 말했다.

거사가 5월 16일로 잡히면서 나는 잠을 이루기가 어려웠다. 그동안 버마의 군사혁명에 대해서도 많은 연구를 했고 계획도 치밀하게 세웠으나, 집 앞에서 나를 감시하는 군 수사 기관 요원들이 언제 행동을 개시할지 알 수 없어 초조했다.

'나는 나라를 위해서 혁명을 한다. 이 나라를 근대화시키기 위해 혁명을 하는 거야. 그러니 목숨을 초개처럼 버려도 아쉬울 것이 없어.'

나는 스스로를 합리화했다. 그러한 생각은 독약처럼 나의 뇌리를 파고들었다. 처음에는 한 방울의 미세한 물방울에 지나지 않았으나 어느 순간에 뇌리를 완전하게 적시면서 나를 지배했다. 나는 이 나라와 국민을 위해 목숨을 걸고 혁명을 하고 있는 것이다.

5월 14일 밤, 나는 아들의 방에 들어가 보았다. 아들은 아내의 품속에서 잠들어 있었다. 나는 아들의 손을 가만히 만졌다. 이제 이틀 밤이 지나면 혁명의 날이 밝아온다. 성공하면 나는 이 나라를 개혁할 것이고 실패하면 반역자가 되어 총살을 당해 죽게 될 것이다. 아들의 손을 살그머니 만졌다.

"왜 그래요?"

아내가 눈을 뜨고 나를 쳐다보았다.

"아니야."

나는 고개를 흔들었다.

"불안해요?"

나는 아내의 맑은 눈을 보고 고개를 끄덕거렸다. 아내가 아들을 옆으로 눕히고 나를 향해 팔을 뻗었다. 나는 아내의 옆에 누워 팔을 베고 눈을 감았다. 아내의 품속이 어머니의 품속처럼 따뜻했다. 나는 아내의 가슴에 얼굴을 묻고 속으로 흐느껴 울다가 잠이 들었다. 혁명이 실패하면 나는 사형대의 이슬로 사라질 것이고 아내와 아이들은 비참한 삶을 살게 될 것이다.

5월 15일이었다. 아침이 되자 집으로 혁명 동지들이 속속 찾아오기 시작했다. 아내는 정사복을 입은 건장한 장교들에게 차를 대접하

느라 바빴다. 나는 그들에게 일일이 행동 지침을 지시하고 각자의 임무를 수행하게 했다. 예편 당한 김종필은 군복을 입고 우리 집으로 와서 최종 점검을 했다. 김종필의 얼굴도 잔뜩 긴장돼 있었다. 김종필의 아내인 영옥은 만삭이었다.

"영옥이가 걱정하지 않던가?"

나는 김종필의 굳은 얼굴을 보면서 물었다. 나도 긴장을 했는지 찻잔을 드는 손끝이 떨렸다.

"정말 할 거냐고 물었습니다."

김종필이 우수에 젖은 눈빛으로 나를 쳐다보았다.

"예리 엄마가 알고 있었어? 그래서 뭐라고 했나?"

예리는 김종필의 딸이었다.

"하느님이 도와주시면 다시 만날 수 있을 거라고 했습니다."

쿠데타의 성공을 하늘에라도 기도하고 싶은 마음은 나도 마찬가지였다.

"임신한 사람 걱정하게 왜 그런 말을 하나?"

"그래도 위로는 해주었습니다."

"뭐라고?"

"유복자는 대부분 아들이라고 하니까, 당신 배 속의 아이도 아들일 거다. 내가 이 거사에 성공하지 못하고 죽더라도 그놈을 잘 키워서 애비의 못다 한 애정을 이해시켜 달라고 했습니다."

김종필의 말을 들으니 가슴이 저려 왔다. 많은 장교들이 오늘 아침 집에서 나올 때 비장한 각오를 했을 것이다.

나는 일일이 쿠데타군 장교들의 움직임을 확인했다. 반도호텔 앞에 있는 대호다방에는 박종규 소령이 지휘하는 요인 체포조가 모여 있었다. 그들은 지프차를 골목 뒤에 세워 놓고 장면 총리가 집무를 보고 있는 반도호텔을 며칠 전부터 감시하고 있었다. 그들은 수시로 부대와 연락을 취하면서 D-day가 오기만을 초조하게 기다리고 있었다.

"김 장군, 나 박정희요."

나는 김포에 주둔하고 있던 해병여단의 김윤근 여단장에게 전화를 걸었다.

"예, 장군님."

김윤근 준장이 긴장한 목소리로 전화를 받았다.

"상황이 어떻소?"

"지금 여단장실에서 오정근 중령과 조남철 중령이 병력 배치, 탄약 배분 문제를 협의하고 있습니다."

"좋아요. 만약에 공수단에 비상사태가 생기면 해병대가 쿠데타군의 선봉을 맡아야 하니까 실수 없이 준비를 하시오."

"목숨을 걸고 부대를 출동시키겠습니다."

"고맙소."

나는 김윤근 준장의 단호한 말에 목이 꽉 메는 듯한 기분이 들었다.

"이 소령."

나는 이낙선 소령을 불렀다.

"예, 각하."

"지금 즉시 원주에 있는 1군 사령부를 방문하여 5사단 사단장 채명신 준장에게 내 친서를 전달하라."

나는 5사단을 거느리고 있는 채명신 장군이 1군 사령부의 장군들을 포섭하는 한편 혁명군을 진압하려는 반혁명군이 생기면 5사단 병력으로 저지하라는 명령을 친서에 써 넣은 것이다.

"옛, 각하!"

이낙선이 내 친서를 가지고 원주로 달려갔다.

광명인쇄소의 이학수 사장이 집으로 찾아온 것은 오전 11시가 되었을 때였다. 나는 이학수 사장에게 혁명 공약과 포고령이 담긴 서류 봉투를 건네주었다.

"이 사장, 오늘 밤 자정에 인쇄에 착수하시오. 공원들을 모두 동원해서라도 새벽 5시까지는 작업을 마쳐야 합니다."

"최선을 다하겠습니다."

이학수 사장은 가만히 앉아서도 땀을 흘리고 있었다.

"이 사장, 우리는 반드시 성공할 것이오. 우리가 성공하지 못해도 최소한 내란으로 이어질 것이오. 그러니 걱정하지 않아도 됩니다."

나는 이학수 사장을 위로했다. 민간인인 이학수가 지나치게 두려워하여 인쇄를 포기하면 낭패였다.

"만약 인쇄를 하다가 발각되면 하루만 입을 다물고 있으시오. 하루만 지나면 우리의 일은 끝날 것이오."

"예."

이학수가 불안한 표정으로 대답했다.

"종필이."

나는 김종필을 불렀다.

"예."

"종필이는 현역이 아니니까 부대를 지휘하기가 어려울 거야. 병사 몇 명을 붙여 줄 테니까 자정에 인쇄소로 가서 이학수 사장을 도와."

"예."

김종필이 비장한 표정으로 입술을 깨물었다.

나는 그들이 물러가자 6관구 사령부 참모장으로 있는 김재춘 대령에게 전화를 걸었다.

"나요."

김재춘이 나오자 나는 짤막하게 말했다.

"예, 각하."

김재춘이 긴장한 목소리로 대답했다. 6관구는 서울을 장악하고 있는 사령부이기 때문에 김재춘의 임무가 가장 중요했다. 6관구 사령관은 서종철 소장이었다.

"상황이 어떻소?"

"사령관 모르게 작전 참모 지휘하에 3개 소대를 완전무장하여 대기시키고 본부 요원을 무장시켜 경비하고 있습니다."

"부대가 이동해야 하니까 트럭도 준비해야 할 거요."

"예, 오늘밤 비상 훈련이 있다고 수송관에게 지시하여 열 대씩 3개 차량 소대를 편성해 두었습니다. 기름도 만탱크로 채웠습니다."

3개 소대면 트럭이 30대다.

"좋소, 육군본부의 움직임도 잘 살피시오."

"예."

김재춘이 있는 6관구 사령부는 출동 준비를 완전하게 갖추고 있어서 안심이 되었다. 그때 김포의 제1공수단 단장 박치옥 대령에게서 전화가 걸려 왔다. 공수단은 쿠데타군의 선발대로 출동하게 되어 있었다.

"각하, 박치옥입니다."

"그래, 준비는 이상 없소?"

"이상 없습니다."

"공수단은 정규 훈련이라고 하는데, 괜찮소?"

공수단이 정규 훈련을 하게 되면 출동하는 것이 여의치 않을 것이라고 생각했다.

"도봉산과 안성 지역에서 정규 훈련을 하고 있던 지휘관들에게 명령을 내려 귀대하게 했습니다."

"좋소, 선발대니까 이상이 있어서는 안 되오."

나는 부평의 제33사단으로 전화를 걸었다. 33사단의 작전 참모 오학진 중령은 연대장 이병엽과 함께 해당 연대에 비상 대기령을 하달한 상태였다. 나는 육군본부로 전화를 걸었다. 육군본부에 근무하는 이석제 중령에게 장도영 총장의 스케줄을 알아보라는 지시를 내렸던 것이다.

"이 중령, 총장의 스케줄은 어떤가?"

"퇴근 후에 종로에 있는 요정 은성에서 국회의원들과 함께 술을 마실 예정입니다."

"자네들은 어떻게 할 건가?"

"육군본부에서 퇴근하다가 남산 방송국의 위치를 확인할 예정입니다. 아직 방송국 위치를 모릅니다."

나는 이석제 중령의 말에 웃음이 나왔다. 군인들이라 방송국이 어디 있는지도 몰랐던 것이다.

시간은 벌써 오후 6시가 되고 있었다. 그때 장경순 준장과 한웅진 준장이 집으로 찾아왔다. 나는 아내에게 그들의 저녁까지 차리라고 말했다. 장경순과 한웅진도 초조한 표정이었다.

"각하, 6시입니다. 변동 사항 없으면 시작하겠습니다."

그때 제1해병여단의 오정근 중령이 전화를 걸어 왔다.

"시작해."

나는 단호하게 지시를 내렸다. 혁명을 시작한다고 생각하자 숨이 막히는 기분이었다.

"해병의 오정근 중령이오. 제일 먼저 전화선을 절단하고 통신을 교란할 것이오."

내가 장경순 준장과 한웅진 준장에게 설명했다.

"최초로 출동하는 부대군요."

장경순 준장이 빙긋 웃었다. 그때 김종필이 들어와 인사를 했다. 우리는 아내가 차려 준 저녁을 묵묵히 먹기 시작했다. 집에서 먹는 마지막 식사일지도 모른다고 생각했다.

오정근 중령은 내 명령이 떨어지자 총알처럼 연병장으로 뛰어나갔다. 연병장에는 출동 준비를 완전히 마친 병사들이 대기하고 있었다.

"출발!"

오정근 중령이 명령을 내리자 병력을 실은 트럭들이 뽀얀 흙먼지를 일으키며 부대를 빠져나갔다.

"전화선을 절단하라!"

오정근은 큰길로 나간 후 공포와 긴장 속에서 부하들을 이끌고 전화선을 따라가며 절단하기 시작했다. 봄날의 오후 6시는 해가 설핏 기울고 있을 뿐이었다. 수많은 사람들이 오가는 한길에서 전화선을 절단하려고 하자 오정근은 등에서 식은땀이 흐를 지경이었다. 그러나 전화선 절단은 금세 완료되었다.

"이제 무전 방해를 시작하라!"

오정근은 통신을 교란하라는 명령을 내렸다.

쿠데타군이 첫 출동을 하고 있을 때 장도영 육군 참모총장은 군 수뇌들과 함께 요정 '은성'에서 저녁을 먹으며 술을 마시고 있었다. 김형욱은 김동환, 옥창호, 유승원과 함께 밤 11시에 6관구 사령부로 들어가기 위해 중국집에서 간단하게 저녁을 먹은 뒤 영등포의 한 다방에서 시간을 때우고 있었다.

30사단의 이백일 중령은 사단장의 지시 없이 부대를 출동시키는 일에 죄책감을 느꼈다. 그는 출동할 시간이 다가오자 이상국 사단장을 설득하여 쿠데타에 가담하게 하려고 했다.

"각하, 혁명은 대세입니다. 그동안 말씀을 드리지 못한 것은 죄송하게 생각합니다만, 저희와 뜻을 같이해 주십시오."

"거, 거사를 한다고?"

이상국 사단장은 소스라치게 놀란 표정을 지었다.

"그렇습니다, 각하께서 저희와 뜻을 같이해 주시면……."

"나보고 쿠데타에 가담하라는 말인가?"

"혁명입니다."

"주동자가 누구인가?"

"박정희 소장입니다. 현재 수백 명의 장교들이 그분을 추대하고 있습니다."

"언제인가?"

"오늘 밤입니다."

"이런 젠장! 아니, 왜 이제야 말을 하는 거야? 나에게 잠시 시간을 주게."

"각하께서 가담을 하지 않으셔도 부대는 출동합니다."

이상국 사단장은 이백일 중령의 말을 듣고 깊은 생각에 잠겼다. 그는 장교들이 쿠데타를 일으킨다는 사실에 당황했다. 이상국은 고민을 거듭하다가 506방첩부대로 달려가 쿠데타 음모를 고발했다. 506방첩부대의 부대장은 이철희 준장이었다. 그는 이미 나를 비롯한 영관 장교들의 움직임이 심상치 않다는 보고를 받고 은밀하게 내사를 하고 있었다. 이철희 준장은 일본 정보학교 출신으로 훗날 중앙정보부를 창설할 때 핵심 멤버가 되고 실미도 부대를 창설한다.

"이 준장, 오늘 밤 쿠데타가 일어납니다. 박정희 소장이 쿠데타를 일으킬 겁니다. 빨리 체포하지 않으면 큰일 납니다."

이상국이 보고를 하자 이철희는 의자에서 벌떡 일어났다.

"확실한 거요? 오늘 밤에 결행하는 것이 맞습니까?"

이철희는 긴장하여 이상국을 노려보았다.

"틀림없습니다. 우리 사단의 이백일 중령이 나에게 가담을 요구해 왔습니다. 가담하지 않아도 부대를 출동시키겠답니다. 주동자가 박정희 소장과 육사 8기 영관 장교들입니다. 해병대도 참여하고 있답니다."

"박정희가? 알았소."

이철희는 방첩대원들을 소집하여 즉시 수사 명령을 내렸다. 그러나 참모총장의 명령 없이 현역 장군인 나를 체포할 수는 없었다. 방첩대가 나를 체포하려 한다는 보고가 즉시 들어왔다. 나는 방첩대에 있는 영관 장교의 보고를 받고 빙긋이 미소를 지었다. 시간은 이미 밤 10시가 되어 있었고 10시 20분에는 전 혁명군이 출동할 예정이었다.

"박정희 소장의 집을 감시하고 체포할 준비를 하라. 총장님의 결재를 받으면 즉시 체포한다."

이철희는 장도영 총장의 행방을 수소문한 후 요정 '은성'으로 전화를 걸어 쿠데타 음모를 보고했다. 나는 예전에 장도영에게 혁명을 일으킬 것이라는 보고를 했고 혁명군의 지도자가 되어 달라는 부탁을 했었다. 장도영 총장은 자신에게 생각할 시간을 달라기도 하고 혁명을 중지시키라고도 했다. 나는 날짜만 통고하지 않은 채 혁명은 진행될 것이라고 말한 바 있다.

"박정희 소장이 쿠데타를 일으킨다고?"

장도영 총장은 술이 확 깨는 기분이었다.

"각하께서 허락하시면 지금 즉시 그를 체포하라는 명령을 내리겠습니다."

이철희가 장도영의 명령을 기다리면서 말했다.

"아니야, 내가 방첩대로 들어가서 상황을 살핀 뒤에 체포하겠어. 박정희가 그럴 리가 없어."

장도영은 운전병에게 조선호텔 쪽으로 달리라는 지시를 내렸다. 방첩대 본부는 조선호텔 뒤에 있었다. 그는 내가 혁명군 지도자가 되어 달라고 했기 때문에 나를 굳게 믿고 있었다. 즉, 단독으로 일을 벌이진 않으리라 생각했던 것이다.

나는 10시 20분이 되기를 초조하게 기다렸다. 오늘따라 유난히 시간이 더디게 흘러가는 것 같았다. 장경순 준장과 한웅진 준장도 초조한 표정으로 앉아 있었다. 나는 6관구 참모장인 김재춘의 전화만 오면 곧바로 출동할 예정이었다. 김재춘은 그때 H-hour 시간을 기다리면서 시내를 배회하다가 헌병 백차가 요란하게 어둠 속을 질주하고, 검은 승용차들이 뒤따르는 것을 발견했다. 그는 직감적으로 위기를 느끼고 자신의 집으로 전화를 했다.

"나야, 아무 연락 없었어?"

김재춘이 부인에게 물었다.

"좀 전에 박원빈 중령이 다급하게 전화를 했었어요. 아주 급한 일인가 봐요."

부인이 걱정스러운 목소리로 대답했다.

"알았어."

김재춘은 30사단에 있는 박원빈 중령에게 전화를 걸었다.

"참모장님, 30사단에서 비밀이 누설됐습니다! 30사단은 출동할 수 없을 것 같습니다. 헌병대가 6관구 사령부에 들어와 있습니다."

박원빈은 기다리고 있었다는 듯이 절망적인 상황을 보고했다.

"알았어! 내가 지금 갈 테니까 동요하지 마!"

김재춘은 전화를 끊고 신당동의 나에게 전화를 걸어왔다.

"각하, 김재춘 대령입니다!"

나는 김재춘의 전화를 받자 전신이 팽팽하게 긴장되는 것을 느꼈다. 장경순 준장과 한웅진 준장도 흠칫 하는 표정을 지었다. 김종필은 이마의 땀을 훔치고 있었다.

"그래, 상황은 어떻소? 시간이 되었으니 시작합시다."

"각하, 30사단에 이상이 생긴 모양입니다. 박원빈 중령의 말에 의하면 헌병대가 출동해 있다고 합니다."

"헌병대가?"

나는 가슴이 철렁했다.

"각하, 이제 어떻게 하는 것이 좋겠습니까?"

"김 대령, 주사위는 던져졌소. 여기서 포기할 수는 없소. 포기하면 우리 모두 죽을 테니 즉시 부대로 들어가서 부대를 장악하시오."

"알겠습니다."

김재춘은 공중전화 부스에서 뛰어나와 지프차로 달려갔다. 그는 그 길로 곧장 사령부로 달려갔다.

장도영 육군 참모총장이 506방첩부대로 들어서자 이상국 사단장과 이희영 서울지구 방첩대장, 이철희 방첩대장이 모여 있다가 부동자세로 거수경례를 했다.

"대체 어떻게 된 거요?"

장도영이 이상국 사단장을 쏘아보면서 말했다. 이상국이 더듬거리는 목소리로 쿠데타 음모를 장황하게 보고했다.

"이 준장! 당신은 도대체 뭐 하는 사람이오? 중령 하나 못 다루고 방첩대에 와서 신고를 하고 있소? 일이 터지면 부대부터 장악해야 할 것 아니오?"

장도영이 벌컥 화를 냈다.

"죄송합니다!"

"사단장이라는 자가 부대 장악할 생각은 하지 않고 뭘 하는 거야? 즉시 부대로 돌아가서 이백일을 체포하고 부대를 장악해!"

장도영은 이상국 30사단장에게 호통을 쳤다. 이상국 사단장은 얼굴이 벌겋게 상기되어 밖으로 나갔다.

"헌병감 불러!"

장도영이 지시에 따라 이내 헌병감 조흥만 준장과 전화 연락이 되었다.

"헌병감이오? 나 육군 참모총장 장도영이오. 지금 즉시 헌병 1개 중대를 30사단에 보내 이백일 중령을 체포하시오."

장도영은 기민하게 쿠데타에 대처했다.

"서 장군이오? 나 육군 참모총장 장도영이오. 당신이 사령관인 6

관구에서 쿠데타 모의가 일어나고 있으니 즉시 상황을 파악하여 진압하시오."

장도영은 6관구 사령관 서종철 소장에게도 지시했다. 서울지구 방첩대장 이희영 준장에게는 나의 소재를 파악하여 미행하라고 지시했다.

"각하, 이미 우리 수사관들이 미행하고 있습니다."

"계속 미행해!"

"총장님! 미행하는 것보다 체포해야 하지 않습니까? 지금 상황이 긴박합니다."

"당신이 참모총장이야? 명령이 있을 때까지 체포하지 마!"

장도영은 내가 혁명군의 지도자로 모신다고 했기 때문에 자신까지 연루될까 봐 불안해했다. 그는 공수단의 박치옥 대령에게도 쿠데타 모의를 진압하라는 명령을 내리고 장면 총리가 있는 반도호텔로 전화를 걸었다. 그러나 장면 총리는 이미 잠자리에 들었기 때문에 중요한 일이면 총장이 직접 와서 보고하라고 했다. 장도영은 일단 육군본부에 가서 상황을 정확하게 파악해야겠다고 생각했다.

이들의 움직임은 시시각각 나에게 보고되었다.

"30사단이 출동할 수 없다는데 괜찮겠나?"

나는 바짝 긴장해 있는 김종필을 향해 물었다.

"공수단도 있고 해병대도 있습니다. 여차하면 각하께서 6관구로 가십시오. 6관구에는 각하의 부하 장교들이 많이 있습니다."

"그래, 그까짓 헌병 몇 명이 무얼 하겠어?"

내가 자신감을 내보이자 긴장하고 있던 장경순 준장과 한웅진 준장도 미소를 지었다. 우리는 밤 10시 20분이 되자 출발 준비를 했다. 나는 권총을 허리에 차고 지휘봉을 들었다. 눈에는 검은 선글라스를 썼다.

"각하, 지금 밖에는 방첩대 요원들이 쫙 깔려 있습니다."

장경순과 한웅진이 밖을 내다보고 돌아와서 불안한 표정으로 말했다.

"이제 엎질러진 물이오. 돌파합시다. 장 장군이 방첩대 요원 놈들을 따돌리시오. 우리 집을 감시만 하고 있는 것을 보면 아직 체포하라는 명령은 떨어지지 않은 것 같소."

"알겠습니다."

장경순이 침통한 표정으로 대답했다. 내가 신당동 자택을 나와 지프차에 올라타자 골목에서 군용 지프차 두 대가 따라붙기 시작했다. 그들은 나를 미행하고 있다는 것을 굳이 숨기려 하지 않았다. 체포 명령만 기다리고 있는 것이 분명했다.

"서둘러!"

나는 운전병에게 지시했다. 지프차가 신당동 로터리를 빠져나와 인적이 끊긴 서울 거리를 질주하기 시작했다. 장경순 준장의 차도 내 차의 뒤를 따라 질주했고 방첩대 지프차도 속력을 높여 질주했다.

"놈들을 막아!"

장경순 준장이 운전병에게 지시하자 운전병이 교묘한 솜씨로 운전하여 방첩대 지프차를 가로막았다. 나는 운전병에게 그 틈을 이용해 다른 길로 질주하게 했다. 운전병은 맹렬하게 속도를 내서 퇴계로를 지나 원효로로 빠졌다. 다행히 방첩대의 지프차는 따라오지 않고 있었다. 위기일발의 순간이었다. 김종필은 만약의 사태에 대비해 이낙선, 박종규와 함께 우리 일행이 무사히 한강 다리를 넘어가는 것을 확인한 후 광명인쇄소로 달려갔다.

김재춘은 밤 11시 20분에 6관구 사령부로 황급히 들어섰다. 그러나 6관구 사령부는 이미 서종철 사령관의 명령을 받은 헌병 1개 중대가 사령부 외곽을 완전히 포위하고 있었다. 사령부 사무실에는 혁명에 가담한 장교들도 20명이나 들어와 하얗게 질린 얼굴로 안절부절못하고 있었다. 김재춘이 사령부로 들어서고 10분도 채 되지 않았을 때 헌병기획단 차감 이광선 대령이 방첩대 수사 요원 50명을 거느리고 들이닥쳤다.

"김 대령, 참모총장 각하의 명령이니 즉각 해산하시오. 불응하면 전원 체포하겠소."

이광선은 김재춘에게 즉시 해산할 것을 요구했다. 그는 헌병차감이었기 때문에 비록 같은 대령이었지만 직위만으로도 김재춘을 제압할 수 있었다. 김재춘은 한순간 절망감이 뇌리를 엄습해 왔으나 정신을 바짝 차리자고 속으로 다짐했다.

"이 대령! 우리는 목숨을 걸고 거사를 하고 있소. 우리가 그렇게 쉽게 해산할 것 같소?"

김재춘은 내심 당황했으나 크게 웃으며 허세를 부렸다. 지모가 뛰어난 사람이었다.

"김 대령, 참모총장 각하의 명령을 거역하면 구속하겠소. 나는 방첩대 수사관들과 함께 왔소."

"여보시오, 이 대령. 이건 우리 국군이 전부 가담한 혁명이오. 당신이 무슨 재간으로 우리를 체포한다는 말이오? 헌병 몇 명으로 우리를 체포하려 하다니 가소롭지 않소?"

김재춘이 이광선을 쏘아보았다. 이광선은 얼굴이 하얗게 변하고 말았다.

"허튼짓하면 용서하지 않겠소!"

"핫핫! 이 대령, 당신이 나를 어떻게 체포해? 내 부하들에게는 이미 30분 전에 실탄이 지급되었어. 우리는 목숨을 걸었기 때문에 눈에 보이는 게 아무것도 없어. 너야말로 허튼짓하지 마. 개죽음 당하고 싶지 않으면 말야!"

김재춘이 커다란 덩치로 위압하면서 소리를 지르자 이광선의 기세가 한풀 꺾였다. 그때 김재춘이 다시 부드러운 목소리로 바꾸어 설득하기 시작했다.

"이 대령, 우리 조용한 곳으로 가서 애기합시다. 혁명에 반대했다가 개죽음을 당할 필요는 없소. 내 애기를 듣고 나서 이 대령이 결정하시오."

김재춘은 이광선을 6관구 사령부 뒤의 제사공장 기계실로 유인했다. 방첩대 수사관들도 이광선의 뒤를 따라 제사공장 기계실로 들어갔다.

"여기서 잠깐 기다리시오."

김재춘은 이광선 대령과 방첩대 수사관 50명을 제사공장 기계실로 유인한 뒤 재빨리 빠져나왔다.

"수사관들을 유인했으니 신속히 철문을 잠가라. 그리고 철통같이 경비해."

김재춘은 6관구 본부 경비병들에게 제사공장 기계실을 에워싸라고 지시했다. 시간은 어느덧 12시를 넘어서고 있었다.

날이 바뀌어 5월 16일이었다. 일단 헌병기획단 차감 이광선 대령과 방첩대 수사관 50명을 제사공장 기계실에 감금한 김재춘은 사령부 사무실로 돌아왔다. 나는 김재춘이 방첩대 수사관들을 제압했을 때 사령부로 들어섰다. 별판을 단 지프차가 들어서고 지휘봉을 든 내가 내리자 6관구에 운집해 있던 장교들의 표정이 밝아졌다.

"박정희 장군님께 경례!"

김재춘이 우렁찬 목소리로 구령을 붙였다. 그러자 사무실에 있던 장교들이 일제히 거수경례를 붙였다.

"수고들 많군. 주력 부대의 상황은 어떻게 되었나?"

나는 대뜸 김재춘에게 질문부터 던졌다. 나는 6관구 사령부를 에워싸고 있는 헌병 1개 중대에게 하마터면 연행될 뻔한 위기에 몰렸었다. 6관구 사령부를 에워싸고 있는 헌병 1개 중대는 서종철 사령관의 명령을 받고 6관구를 출입하려는 장교들을 모두 연행하기 위해 몰려와 있었다. 그러나 별판을 앞에 단 나의 지프차를 보자 그만 주눅이 들어 통과시키고 만 것이다.

"30사단과 33사단은 출동이 불가능합니다. 남은 부대는 공수단과 해병대뿐입니다."

김재춘이 어두운 표정으로 대답했다.

"그만하면 됐어!"

나는 한마디로 잘라 말했다.

"주사위는 이미 던져졌어. 자, 모두 출동해. 내가 선두에 서겠어. 죽느냐 사느냐 하는 판국이니 방해물은 가차 없이 제거하고 돌격하는 거야."

나는 단호하게 명령을 내렸다.

"각하, 어디로 갑니까?"

"우선 공수단으로 가자."

"그럼 먼저 출발하십시오. 양평교에서 뵙겠습니다."

"빨리 출동시켜!"

나는 선두에서 지프차를 타고 명령을 내렸다. 무전기로 들어온 보고에 의하면 쿠데타군 제1대의 임무를 맡고 있는 공수단이 혼란 속에 빠져 있었다. 장도영 총장의 명령을 받은 특전감 장호진은 공수단의 출동을 적극 저지하고 있었다. 게다가 참모총장 장도영도 몇 번씩이나 전화를 걸어 박치옥에게 출동 중지 명령을 내렸다. 박치옥은 당황했다. 상황은 혁명군에게 불리하게 돌아가고 있었다. 그러나 차지철 등 중대장급 장교들은 탄약고를 부수고 실탄을 병사들에게 분배했다.

"내가 그쪽으로 갈 테니까 그런 줄 알아."

나는 공수단으로 맹렬히 달리기 시작했다. 쿠데타군 제2대인 김포의 해병 제1여단도 이미 비상소집이 걸려 있었다. 여단장 김윤근은 여단장실에서 귀신 잡는 해병들이 비상 동원되고 있는 것을 긴장 속에서 지켜보고 있었다.

혁명군 제3대인 부평의 33사단에는 작전 참모 오학진에 의해 비상이 걸리고 있었다.

"전원 비상! 전 장병은 실탄을 장전하고 연병장에 집합하라!"

33사단은 때 아닌 비상으로 어수선해졌다. 이들은 시시각각 나에게 보고했다.

"비상이라니? 무슨 비상이야? 사단장도 모르는 비상이 어디 있어? 작전 참모 오학진이 어디 있나?"

그때 안동순 사단장이 헐레벌떡 달려 들어와 오학진을 찾았다. 오학진은 안동순을 피해 다니며 장병들의 무장을 독려했다. 쿠데타군 제4대인 수색의 30사단은 이상국 사단장에 의해 부대가 장악되어 출동이 저지되고 오히려 이백일이 피신하는 처지가 되었다.

혁명군 제5대인 동두천의 6군단 포병단은 군장 검열을 마치고 출동한 상태였다. 차량만도 80여 대나 되었다. 그들은 지리적으로 멀리 떨어져 있었기 때문에 다른 부대보다 한 시간이나 일찍 출동했다. 새벽 1시. 김포의 해병여단도 마침내 출동했다. 김윤근 여단장은 3중대, 1중대, 5중대를 동원했다.

김종필은 12시 정각부터 광명인쇄소에서 혁명 공약과 포고령 등을 인쇄하기 시작했다. 김종필과 사장 이학수가 꺼내 놓은 활자를 고르던 문선공文選工들은 경천동지할 내용을 보고 눈을 크게 떴다.

"이, 이건 인쇄할 수가 없습니다."

문선공들이 공포에 질린 표정으로 말했다.

"왜 인쇄할 수가 없소?"

"이런 것을 인쇄하면 우리는 모두 잡혀갑니다."

"내가 책임지겠소. 빨리 인쇄하시오!"

김종필은 문선공들을 다그쳤다. 그들은 내가 보증을 하고 이학수가 설득하자 그때서야 인쇄 기계를 돌리기 시작했다.

1시 10분. 공수단에는 장경순이 도착해 있었다. 박치옥은 특전감 장호진에 의해 부대 출동이 저지되어 있었다. 장경순이 장호진을 설득했으나 장호진은 참모총장의 명령밖에 듣지 않겠다고 강경하게 출동을 저지했다. 나는 부대를 이끌고 공수단 앞으로 달려갔다.

"아직까지 부대 안에서 뭣들 하고 있는 거야?"

나는 위병소에 들이닥쳐 초병들을 밀쳐 버리고 박치옥에게 전화를 걸었다.

"장군님!"

박치옥은 깜짝 놀랐다.

"동지들을 배신할 작정이야? 나 위병소에 있으니 빨리 나와!"

나는 박치옥을 다그쳤다. 박치옥과 쿠데타에 가담한 장교들은 우르르 정문 앞으로 몰려 나왔다.

"장군님께 경례!"

박치옥이 나에게 경례를 붙였다. 그러자 다른 장교들도 일제히 거수경례를 붙였다. 장호진도 엉겁결에 거수경례를 붙였다.

"공수단은 지체 없이 출동하라. 방해하는 자가 있으면 가차 없이 사살하라!"

나는 추상같은 명령을 내렸다. 장호진의 존재 따위는 완전히 무시했다. 내 명령에 용기를 얻은 박치옥은 즉시 부대에 출동 명령을 내렸다. 장호진은 당황하여 공수단의 출동을 저지하지 못했다.

"출동 준비!"

공수단은 차지철 등에 의해 완전 무장을 하고 있었다. 명령이 떨어지자 즉시 GMC 트럭에 병사들이 후닥닥 올라탔다.

"부대 출발!"

공수단은 나의 독려에 쏜살같이 김포가도를 지나 한강대교를 향해 달려갔다. 나는 이미 출동해 있는 해병대와 합류하기 위해 염창교로 달려갔다.

33사단은 안동순의 방해로 부대 출동이 저지되어 있었으나 김형욱, 유승원, 옥창호, 김동환 등이 안동순을 설득하는 사이 오학진이 부대를 출동시켜 버렸다. 혁명군은 2시가 가까워지자 서울 근교까지 진입했다. 그러나 6관구에서는 서종철 사령관과 조홍만 헌병감, 그리고 김재춘 사이에 마지막 담판이 벌어지고 있었다. 내가 공수단으로 달려간 사이 서종철이 달려와 부대 출동을 저지시켰던 것이다.

"사령관 각하! 부대를 헌병으로 막을 수 있는 단계는 지났습니다. 사령관 각하의 직속 부하인 제가 마지막 충언을 드립니다. 혁명에 가담해 주십시오. 그렇지 않으면 각하의 목숨을 보장할 수 없습니다!"

김재춘은 권총의 안전장치를 풀었다. 서종철 사령관이 조홍만 장군을 쳐다보았다.

"장군님은 한강 다리의 헌병들을 철수시키십시오. 지금 혁명군과 헌병들이 교전 중이라는데 헌병들이 혁명군을 막을 수 있을 것 같습니까? 이 이상 교전이 확대되면 조 장군님도 무사하지 못할 것입니다."

김재춘은 헌병감 조홍만 장군까지 위협했다. 조홍만은 얼굴이 파랗게 질렸다. 게다가 김재춘이 장도영 총장에게 전화를 걸어 혁명 정부의 최고 지도자로 모신다는 얘기와 유혈만 방지해 달라는 식으로 얘기를 하자 총장도 혁명군과 한편이었구나, 하는 생각이 들어 혁명군에 가담해 버리고 말았다. 그리하여 6관구 사령부는 2시가 넘어서야 혁명군의 지휘부가 되었다. 부평의 33사단은 참모들에 의해 사단장 안동순이 거의 연금되어 있는 실정이었다. 안동순은 부하들의 강요에 의해 2시 40분이 되어서야 출동 명령을 내렸다.

"출발! 혁명 대열에 뒤떨어지면 안 된다! 전속력으로 달려라!"

33사단은 경인가도를 전속력으로 질주하기 시작했다.

5월 16일 새벽 3시. 문재준 대령이 지휘하는 동두천의 포병단은 미아리에서부터 물밀듯이 서울을 향해 들어오고 있었다. 그들은 의정부에서 헌병의 검문을 받았을 뿐 20리에 걸친 행군을 하면서도 전혀 방어군의 저지를 받지 않았다. 포병단이 이동을 하는 동안 연도에 살고 있는 시민들은 요란한 군 트럭 소리에 잠을 설쳤다.

김종필은 그 시간 창경원 앞에 서 있었다. 그는 광명인쇄소에서 포병단이 무사히 서울로 잠입하고 있는지 살피러 나왔던 것이다. 혁명군이 서울로 진입을 해야 혁명을 알리는 '삐라'를 살포할 수 있었다.

3시 10분. 지축을 울리는 소리와 함께 전차 부대와 군 트럭이 달려오기 시작했다.

"마침내 오는구나!"

김종필은 그들을 향해 정신없이 손을 흔들었다. 군 지프차 안에서 김종필을 발견한 것은 구자춘 중령이었다.

"아니, 저기 김종필 중령 아니야?"

지프차의 헤드라이트 불빛에 두 손을 흔들고 있는 김종필이 구자춘의 눈에 뚜렷이 보였다.

"김 중령!"

구자춘도 지프차 안에서 손을 흔들며 소리를 질렀다.

"구자춘!"

김종필은 감격에 넘쳐서 구자춘이 탄 지프차가 멀어질 때까지 손을 흔들다가 다시 광명인쇄소로 달려갔다. 6군단 포병단은 원남동을 거쳐 중앙청 앞을 지나 단숨에 육군본부로 진출, 무방비 상태에 있던 육군본부를 점령했다. 그러나 해병대 1,300명과 공수단 1,000여 명, 6관구 사령부 병력 등은 한강대교에서 헌병들의 저지를 받아야 했다. 그들을 저지하고 있는 것은 장도영 총장의 명령에 의해 헌병대에서 나온 100여 명의 병사들이었다. 나는 염창교에서 2시 45분에야 해병대와 조우했다.

"어서 오시오!"

"각하, 수고 많으십니다."

나는 김윤근과 염창교에서 경례를 주고받았다.

"김 장군! 작전을 변경해야겠소!"

"무슨 일이 있습니까?"

"30사단과 33사단의 출동이 어려울 것 같소! 공수단은 출동을 했지만 좀 늦을 거요. 해병대가 선두에 서야 하겠소!"

"좋습니다. 우리가 선두에 서서 한강을 돌파하겠습니다!"

해병대 여단장 김윤근 준장은 일이 그렇게 된 바에야 어쩔 수 없다고 생각했다. 이미 부대를 출동시킨 처지였다. 여기서 물러서면 죽음뿐이라는 비장한 생각이 그의 머리를 엄습해 왔다.

3시 26분. 해병대는 마침내 한강 다리까지 진출하는 데 성공했다. 그러나 한강 다리는 이미 헌병 1개 중대가 바리케이드까지 치고 혁명군을 저지하고 있었다. 해병대의 선두를 인솔하고 있는 장교는 해병대 중대장 이준섭 대위였다. 헌병대는 김석률 대위가 인솔하고 있었다. 그들은 한강 다리 위의 검문소 앞에서 만나 악수를 교환했다.

"어디로 이동 중입니까?"

"서울로 들어가는 중이오!"

"안 됩니다. 육군 참모총장님의 저지 명령을 받았습니다. 어떤 부대도 이 다리를 건너지 못하게 하라는 엄명이 있었습니다."

"무슨 소리요? 우리는 지금 해병대 사령관의 명령에 따라 움직이고 있소."

"부대를 돌리십시오. 통과시킬 수 없습니다!"

그때 오정근 중령이 지프차를 몰고 달려왔다.

"이 대위, 왜 그래?"

"헌병 중대가 길을 비키지 않고 있습니다!"

"우리는 지금 연천으로 야간 기동 훈련을 나가는 중이야. 어서 길을 비켜!"

오정근은 눈을 부릅뜨고 김석률 대위에게 호통을 쳤다.

"안 됩니다! 참모총장님 특명입니다!"

김석률 대위는 완고했다. 그러자 나와 한웅진이 달려갔다. 나는 한강 다리가 봉쇄되어 있는 상황을 살피고는 가슴이 철렁했다. 그러나 나는 만주군관학교 출신이었다. 여기서 물러서면 끝장이라고 생각했다.

"방어선을 뚫고 돌진합시다!"

내가 단호한 목소리로 외쳤다.

"좋습니다! 돌진해!"

김윤근 준장이 오정근 중령에게 지시했다.

"돌진! 부대 돌진!"

오정근 중령이 기다리고 있었다는 듯이 병사들에게 지시했다. 그때 요란한 총성이 터졌다. 어느 쪽에서 먼저 사격을 시작했는지 알수 없었으나 한 발의 총성이 울리자마자 피아간에 일제히 사격을 개시했다. 해병대의 이준섭 대위가 비명을 지르고 나뒹굴었다. 해병대는 일제히 하차하여 헌병들을 향해 집중 사격을 가했다.

"바리케이드를 제거하고 서치라이트를 향해 총을 쏴라!"

역전의 해병들이었다. 게다가 수효에서도 월등히 많았고 목숨 버릴 각오를 하고 혁명에 참여했기 때문에 그들은 단숨에 헌병대의 방어선을 돌파하고 서울로 진격했다. 헌병대는 해병대의 사격이 치열하자 몇 명의 부상자를 남기고 재빨리 철수해 버렸다.

"이게 무슨 소리야? 이거 혹시 총소리 아니야?"

"전쟁이 일어났나?"

한강대교 쪽에서 들리는 요란한 총성은 그 근처에서 잠들어 있던 시민들을 깨웠다. 시민들은 새벽잠을 설치며 불안한 얼굴로 웅성거렸다. 그러나 그때 이미 쿠데타군의 주력 부대는 서울로 진출하여 정부의 중요 기관을 장악하고 서울 거리를 질주하고 있었다.

새벽 5시 30분. 서울 남산에 있는 중앙방송국에도 일단의 쿠데타군 장교들이 들이닥쳤다. 김종필, 오정근 중령 등은 야근을 하다가 공비가 쳐들어온 줄 알고 책상 밑에 바짝 숨어 있던 박종세 아나운서를 마이크 앞으로 끌어내어 혁명이 일어났음을 발표하게 했다.

"이, 이것은 발표할 수 없습니다."

박종세 아나운서는 혁명군의 요구를 거절했다. 그의 얼굴은 하얗게 질려 있었다. 그때 오정근 중령이 박종세 아나운서에게 이미 혁명이 성공했으니 아무 걱정 말고 발표하라고 설득했다.

박종세 아나운서는 한참을 버티다가 마침내 마이크 앞에서 군사혁명이 일어났다는 사실과 포고문을 발표했다. 김종필은 방송을 처음 시작할 때 애국가를 틀게 했고 박종세 아나운서는 목소리를 떨면서 혁명 취지문과 혁명 공약을 발표했다.

…… 친애하는 애국 동포 여러분!

은인자중하던 군부는 드디어 금조 미명을 기해 일제히 행동을 개시하여 국가의 행정, 입법, 사법의 삼권을 완전히 장악하고 이어서 군사혁명위원회를 조직하였습니다. 군부가 궐기한 것은 부패하고 무능한 현 정권과 기성 정치인들에게 이 이상 국가와 민족의 운명을 맡겨둘 수 없다고 단정하고 백척간두에서 방황하는 조국의 위기를 극복하기 위한 것입니다……

방송이 나가자 한강대교에서 일어난 요란한 총성을 들었던 시민들은 그제야 고개를 끄덕거렸다. 서울 시내는 마치 전쟁터 같았다. 새벽부터 질주하기 시작한 군부대의 트럭들, 포병부대, 전차부대가 일으킨 소음으로 쿠데타군이 이동 중인 길목에 살고 있던 시민들은 전쟁이 일어난 것이 아닌가 하고 밤새도록 잠을 설친 채 불안에 떨어야 했다. 그러나 군인들이 혁명을 일으켰다고 했다. 대다수 시민들은 혁명이 무엇을 의미하는지 잘 몰랐다. 다만 그들이 알고 있는 것은 전쟁이 아니라는 것, 정치 권력이 민주당을 떠나 전혀 새로운 사람들에게 돌아갈 것이라는 사실만 막연히 짐작할 뿐이었다.

날이 서서히 밝아오기 시작했다.

L-19기 5대가 군사혁명에 관한 삐라 10만 장을 서울 상공에 살포했다. 출근을 하던 시민들은 혁명위원회가 뿌린 삐라를 주워 읽으며 웅성거렸다.

5·16 군사혁명은 혁명군이 서울을 장악한 것만으로는 결코 성공했다고 볼 수 없었다. 혁명에 동원된 군은 고작 4,000명으로 1개 사

단 규모도 되지 않는 소수 병력이었다. 야전군이 쿠데타군을 진압하기 위해 1개 사단만 서울에 보냈어도 쿠데타는 결코 성공할 수 없었다. 그러나 쿠데타군이 라디오 방송에서 장도영 육군 참모총장을 최고회의 의장에 내세우는 바람에 야전군은 그들의 최고 사령관이 혁명을 일으킨 셈이 되어 지휘권자가 없어지자 우왕좌왕했다.

군사혁명위원회는 5월 16일 9시에 계엄령을 선포했다.

…… 군사혁명위원회는 공공의 안녕 질서를 유지하기 위해 단기 4294년 5월 16일 오전 9시를 현재로 대한민국 전역에 걸쳐 비상계엄을 선포했습니다. 다음은 군사혁명위원회에서 선포한 계엄령 내용입니다…….

군사혁명위원회 포고령 1호로 발표된 계엄 선포의 내용은 다음과 같았다.

첫째, 옥내외의 집회를 일절 금한다. 단 종교 관계는 제외한다.
둘째, 여하를 막론하고 국외 여행을 금한다.
셋째, 언론·출판·보도는 사전 검열을 받는다.
넷째, 일절의 보복 행위를 금한다.
다섯째, 여하를 막론하고 직장을 무단이탈하거나 파업·태업을 금한다.
여섯째, 유언비어의 방조 유포를 금한다.

일곱째, 야간 통행금지 시간을 엄수하라. 야간 통행금지는 오후 7시부터 다음 날 아침 5시까지로 한다.

이상의 위반자 및 위법 행위자는 법원의 영장 없이 체포 구금하고 극형에 처한다.

1961년 5월 16일 오전 9시 군사혁명위원회의장
계엄사령관 육군중장 장도영

서울 중앙방송국의 전파가 계엄령 선포를 반복하여 방송했다. 나는 육군본부에서 방송을 듣고 시청 앞으로 달려갔다. 문재준의 포병단은 중앙청 앞과 시청 등 요소요소에 전차를 배치하고 있었다. 나는 차지철이 지휘하는 공수단의 호위를 받으며 시청 앞에서 감격적인 기념사진을 찍었다.(2권 계속)